小学館文庫

ドラマ　失恋ショコラティエ　前篇

白戸ふみか

脚本・安達奈緒子　越川美埜子

原作・水城せとな

失恋《ドラマ》ショコラティエ
―前篇―

L'HISTOIRE D'UN JEUNE
HOMME QUI
TOMBE AMOUREUX
D'UNE FEMME.

CONTENTS

第1話

「もしも生まれ変われるなら、彼女の赤血球になりたい。あの白い皮膚《ひふ》の下をゆらゆら流れ続けて、彼女の体のすみずみまで旅をするんだ……」

二〇〇七年二月――。

「すげー！」小動爽太《こゆるぎそうた》は目を輝かせた。こ、これが……「ラトゥリエ・ド・ボネールのボンボンショコラ？　実は俺、まだ食べたことなかったんだ……」

信じられない。今、爽太の手の中に、パリの有名ショコラティエのチョコレートがぎっしり詰まった箱がある。

「パリに旅行に行った友だちが買ってきてくれたの。これは爽太くんのぶん」

目の前で、高橋紗絵子《たかはしさえこ》が微笑《ほほえ》んでいる。ぱっちりした目は笑うときゅっと細くなる。ぽってりとした唇はハートのようなかたちになって、爽太の心を鷲《わし》づかみにする。憧《あこが》れのチョコレートと、憧れのサエコさん。夢のような光景だ。爽太は箱の中からチョコレートをひとつつまみ出し、口に放り込んだ。

「どう?」

　サエコさんはテーブルに頬杖《ほおづえ》をついて、上目づかいで爽太を見ている。この目つきは凶器だ。それに今日はちょっと雰囲気が違うな。前髪をピンでとめているからだ。つるんと丸い額《ひたい》が見えて、一段と可愛い。可愛すぎる。天使か。いや、小さい羽でパタパタ飛び回る妖精かな。

「甘さは控えめで、ほどよくほろ苦いけど、カカオの香りの濃厚《のうこう》さと舌触《ざわ》りのよさで、トータルの印象はすっごくスイート。やさしい味だね。人の心をふんわりほぐす」

　ちょっと、グルメ評論家気取りでうざかったかな。でも、サエコさんはフフっ、と笑ってくれた。こんな可愛い人が彼女だなんて世界一幸せだ。ここにたどり着くまで苦節……。と、思っていたところに、サエコさんが爽太の方に身を乗り出してきた。

　そして、小声でささやく。

「トレルイエのお店で、ボネールのチョコ食べるなんてすっごい贅沢《ぜいたく》……でも、これって持ち込み飲食だよね」

「あ……!　ごめん、我慢できなくて……」

　まずい。ここはトレルイエ店内の、カフェスペースだ。慌《あわ》ててボネールの箱をしめた爽太の手に、サエコさんが手を重ねる。そして肩をすくめていたずらっぽく笑うと、爽太の耳元でささやいた。

「でもわたし……ボネールのチョコが世界中で一番好き。毎日食べられるフランスの人が羨《うらや》ましい。日本にも出店してくれたらいいのにな」

甘い吐息がかかって、くらくらしそうだ。サエコさんは爽太の手をどけるとふたを開けて、チョコレートをひとつつまみあげ、口に入れた。

「んんー」

幸せそうな表情を浮かべるサエコさんに、見入ってしまう。きれいなピンク色に装《そう》飾《しょく》された爪と、チョコレートと、サエコさんの甘い笑顔と……。もう、最高だ。

いつかこんなチョコレートを作りたい。爽太は強く思った。サエコさんが一番好きなチョコレートなら、なおさらだ。

西陽《にしび》が傾《かたむ》き始めるころ、ふたりは遊歩道を歩いていた。サエコさんの家はすぐそこだ。

「製菓学校の卒業試験、今日だったんでしょ？」

サエコさんが尋ねてきた。高校を卒業して、爽太は二年間、専門学校に通っていた。

「うん、まあケーキ屋の息子だしね、そっちは問題ないと思うけど。むしろ俺の本番はこれから……」

「本番？　え、なに？」

並んで歩いていたサエコさんが、ぴょこっと一歩前に出て、顔をうかがうようにして尋《たず》ねてくる。そんな仕草に、いちいちグッとくる。

「あ、いやいやいやいや。あ、そうだ、十四日って会える？　バレンタイン……」

「十四日はちょっと用事が……」

サエコさんの表情が途端に曇《くも》る。

「ごめんごめん、そうだよね、男から言うもんじゃないよね」

バレンタインデーの約束を自分から取り付けようとするなんて……。恥ずかしい。サエコさんの前ではいつもそうだ。尻尾《しっぽ》をちぎれるほど振っている犬のようになってしまう。

「ううん、ごめんね、こっちこそ」

「あ、じゃあ十三日は？」

「うん、大丈夫」

また笑顔に戻ってくれたサエコさんにホッとして、爽太もよかった、と、胸をなでおろした。

「じゃあ十三日に」

うん！　と可愛くうなずくサエコさんとの間に、沈黙が走る。サエコさんは上目づかいでチラチラと爽太を見ている。この沈黙は……キスの……サイン、だよね。爽太は顔を傾け、サエコさんにそっと近づいていった。サエコさんの甘い香りが漂《ただよ》ってくる。

「じゃあ、十三日に」

昼まであと数センチ、というところで、サエコさんはさっと離れて、自宅の玄関に向かって駆けていった。

「……うん」

「あとでメールするね！　バイバイ！」

「バイバ……」

手を振りかけたところで、バタン、と玄関が閉まった。ぴゅう。冷たい北風に足元の枯葉《かれは》が舞う中、爽太は呆然《ぼうぜん》と立ち尽くしていた。

さりげなく拒否られた気がするんだが……気のせい？　いや、でも……。

「そうか、場所が悪かったんだ」

うん。自宅の前だしな。そうだそうだ。納得して歩き出したとき、ふとサエコさんに顔を近づけたときの感覚が鼻の先に戻ってきたような気がした。

ってていうか、サエコさんは、最近、ほんのりタバコの匂いがするよな……。ま、気のせいか。たとえサエコさんがヘビースモーカーだろうが、パチスロにはまっていようが、俺のサエコさんへの愛は変わらない！

サエコさんとつきあい始めたのは、去年のクリスマス、の一週間前。そして、初めてキスしたのがクリスマスイブ。クリスマスツリーのイルミネーションがキラキラ美しいデートスポットで、一瞬、唇を重ねた。その後は微妙に膠着《こうちゃく》状態で進展がない。でもそんなことは気にしない。何しろキスにたどりつくまでの道のりを思えば、なんでもない。

サエコさんとの出会いは遡《さかのぼ》ること四年前、十五の春。高校の入学式当日。よそ見をして校庭を歩いていた爽太は誰かに思いきりぶつかり、よろけてぶざまに尻餅《しりもち》をついた。

「あ、ごめんなさい！」

顔を上げると、長い髪をうしろでひとつに束《たば》ねた可憐《かれん》な女の子が、心配そうにしゃがみこみ、爽太の膝に手を当てていた。

「はうっっ……可愛い……」

俺は、一年先輩のサエコさんに恋をした。

サエコさんには当時同級生のイケメン彼氏がいた。前の年は2コ上や1コ上のイケ

メンを総ざらいしたらしい。サエコさんが高三になったとき、

「……よっしゃ次は俺の学年だああ！」

と、色めき立った爽太だけれど、サエコさんを前にすると体が固まり、つまづいたりコケたりとダサいことこのうえなかった。

うちの学年が不作だったのか、気づけばサエコさんは他校のイケメンとつきあってたりして……俺には手の届きようのない人だった。

もちろん、サエコさんはめちゃめちゃ女子にウケが悪い。あの女、タチが悪いと陰《かげ》口《ぐち》を叩かれまくっていたが、それは女の嫉妬《しっと》というか、ただのヒガミだ。男たちにとっては高嶺《たかね》の花だった。

とにかくサエコさんに少しでも接近すべく右往左往してた。サエコさんの彼氏に取り入って仲良くなって、サエコさんがいるからと、興味もない手芸部に男ひとりで入部したり……とにかくできることはなんでもやって、サエコさんの周りをウロチョロし続けた。

サエコさんの卒業式には花束を奮発《ふんぱつ》したけれど、

「ありがとう。コジマくん！」

満面の笑みで言われ、膝《ひざ》から崩れ落ちた。

それから数年、爽太がついにチャンスを掴《つか》むことができたんだから、クリスマスっ

て素晴らしい！

「父さん、厨房《ちゅうぼう》使わせてもらうよ」

両手に買い物袋をさげた爽太は、父親の誠《まこと》が経営するケーキ屋『ＴＯＫＩＯ』に入っていった。

「ここはプロの仕事場だぞ。趣味なら家のキッチンでやれ！」

威厳《いげん》のある声で誠は言うが、爽太は店を見回して「お客さんいないからいいだろ？」と、厨房に入っていった。代官山という場所はいいのだが、昔ながらのオーソドックスなケーキしかないせいか、最近あまり売れていないようだ。イートインスペースもある店内はがらんとしていたし、ショーケースにはケーキがいっぱい残っていた。

厨房でさっそく湯せんを始めると、片付けをしていた井上薫子《かおるこ》が、爽太くん、と、声をかけてきた。

「またチョコ作るの？　手伝おうか？」

薫子は『ＴＯＫＩＯ』の従業員で爽太より六歳年上。実にさばさばしていて、仕事のできる女性だ。

「ありがとう薫子さん、でもこれは彼女にあげるものだから、ひとりでやらないと」

爽太が答えると、それもそうね、と、薫子がうなずく。

「大の男が、女のために手作りチョコって……製菓学校行かせて商品になりもしないもん作られちゃ親としてはたまんねえなぁ？」

そこに入ってきて不満そうにしている誠に、薫子はじゃあ！　と、提案した。

「お店に出しましょうよ。爽太くんのチョコレート、こないだの試作品も上品で繊細《せんさい》な感じで、そのへんのショコラティエよりレベル高いと思います」

「ホントに？　ありがとう」

爽太は笑顔で振り返った。薫子はけっこう前から爽太の腕を買ってくれている。

「だとしたらそれは俺のＤＮＡの成せる業《わざ》だな」

誠は片付けの続きをしに、また店の方に行った。

「でもまあたしかに、彼女に手作りチョコあげる彼氏ってあんまいないよね。やっぱりすごい美人？　誰に似てるの？」

チョコレートのデッサンを描いた爽太のスケッチブックを見ながら、薫子が尋《たず》ねてきた。

「誰かに似てるっていうんじゃないんだよな……」

「どんな感じの人？」

「うーん」テンパリングをするために冷たい大理石台の上に溶かしたチョコレートを

広げた。テンパリングとはチョコレートの温度調節のことだ。スクレーパーでチョコを広げながら、爽太はサエコさんの姿を思い浮かべた。甘い香りがして、花のようで、いつも地上から数センチ浮いたところで羽ばたいているみたいで、それはまさに……

「妖精さん、って感じ？」

「……ようせい、さん？」

　薫子は明らかに引いている。

「いや……その、妖精は言い過ぎだけどさ、こう……手の届かない感じ？　もう会ったときから俺にはどうやったって無理って人で、こうなるまでに、いろいろあったわけだから」

　慌《あわ》てて言い直す爽太に、

「でもさ、クリスマスの一週間前に告白して即ＯＫって。彼女はその直前に彼氏と別れてるんでしょ？」

　薫子がすこし意地悪く言う。

「ああ、うん」

「イベント前にひとりになっちゃったからとりあえずって、典型的なパターンな気がするんだけど……」

「それ言ったらこっちだって打算だよ。向こうにそういう事情があるの知ってて言ったんだから」

「……そう」

「全部わかってる。でもいいんだ」爽太はテンパリングに集中しながら言った。「なんでもいいんだよ、キッカケなんて。とにかく今サエコさんは、俺の彼女なんだから」

顔を上げると、ぽかんとしている薫子と目が合った。爽太が笑顔を浮かべると、苦笑いだが、薫子も一応笑《え》みを返してくれた。スパチュラからチョコレートを落とすと、ツノができている。均一に整ったチョコレートを素早くボウルに戻した。一連の作業を、薫子はスツールに腰を下ろして見つめている。

「テンパリングもすっかりお手のものだね。温度計使わずにできちゃう」

「腕の感触だけでわかるよ。温度で重みが変わるでしょ。今、二十八度」

爽太は薫子と微笑みあい、作業を続けた。

子どもの頃から、俺はケーキ屋を継ぐのかなって漠然と考えてたけど、ぼんやりしたものだった。でもサエコさんと出会って、人生の形が見えた。サエコさんはチョコレートが何よりも好き。だから俺は、サエコさんを幸せにできるようなチョコレートを作る。サエコさんの好きなものはなんだって憶《おぼ》えてるよ。高《こう》カカオチョコレート、ストロベリー、キャラメルガナッシュ、オレンジピール、ラム酒漬けのレーズン、淡いグリーンのピスタチオ、真っ赤なチェリーのキルシュ漬け……。

そして約束の十三日。待ち合わせ場所に現れたサエコさんは襟《えり》にファーの付いた真っ白なコート姿で、まさに妖精のようだ。爽太は夜の公園のベンチでチョコレートの箱を渡した。ボネールの箱に似せて作った箱を開けたサエコさんは、宝石箱のように並んでいるチョコレートたちを見て息を呑んだ。ブランデーチョコ、キルシュ、オレンジピール、ピスタチオ……。ふたの裏には並んでいるとおりに説明の薄紙まで添《そ》えてある。

説明書きとチョコレートを見ながら固まっているサエコさんの表情をのぞきこみ、最初はやった！　と思ったものの……いつまでも何も言わないサエコさんにだんだんと不安になってきた。この沈黙は……感動してるのか？　いや、ハズした？

「爽太く……ん」

サエコさんがようやく声を発した。はい、と、思わず間抜けな反応をしてしまう。

「ごめん、受け取れない」

パタン。サエコさんは静かにふたを閉めた。

「だってこれ、めちゃめちゃ本気チョコだもん」

「……え……」だって、本気だし。本気じゃダメなのか。どういうことだ。でも、この重苦しい空気をなんとかしなくては。爽太は慌《あわ》てて立ち上がった。「もしかして重い男だって思った？　男が手作りチョコとかヘンだよね。でもほらうちケーキ屋だから。こんなのチャチャチャッと出来ちゃうんだって。だからそんな特に深い意味とかない……」

「つきあってる人がいるの」

サエコさんは爽太の言葉を遮《さえぎ》って、早口で言った。

……え……は……？　マヌケな顔をさらしてしまった。頭の中が真っ白とはよく言うが、ほんとうにそういう状態だ。爽太は崩れ落ちるように再びベンチに腰を下ろす。

「クリスマスの後にね、元カレと復活しちゃってたの。彼ってあちこち旅とか行っちゃう人で、ずっとほったらかされてたから、爽太くんに告白されたとき、いいかなって……思っちゃって」サエコさんはうつむいたまま、続ける。「でもその後、彼帰ってきて、普通にヨリ戻っちゃって……爽太くん、いい人だし、優しいし、話も合ってすごく楽しかったから……だから……」

「……二股《ふたまた》、かけられてたんだ、俺」

「二股……？」

サエコさんがきょとんとした顔で爽太を見る。なんでそこ、疑問形？

「いやフツーに二股でしょ。彼氏と続行しつつ俺ともつきあってたわけだから」

「つきあって……？」

サエコさんは眉根《まゆね》を寄せている。ええええ？　自分がおかしいのか？　いや、そんなことはない。

「俺、サエコさんとつきあってたよね？　つきあってって言ったら、うん、いいよって」

「え、う……ん……」

「この二か月。たった二か月だけど。だってキスもしたでしょ？」

「でもホラ……エッチはしてないし？」

あ、そっか。セックスしてなきゃつきあってるとは言わないか！　そうか、そうだよね。じゃあ二股とも言わないよね……って、ええっ？　そうなの？　世の中ってそういうもん？　頭の中でグルグル考えている爽太の横で、サエコさんは曖昧《あいまい》に微笑んでいる。

サエコさんが正しくて、俺がおかしいのか？　なんか……わけわかんなくなってきた……。

爽太は心の中で思った。落ち着け、自分。とりあえず、ふう、と息を吐いて、冷静な口調で話し出す。

「待って。ようするに、話まとめるとさ……別にまとめたくもないんだけど……ボネールのチョコ買ってきてきてくれたのはその彼氏で」たしか、フランスで友だちが買ってきてくれたと言っていたが、それはつまり、旅好きな元カレだろう。「明日、一緒に過ごすのはその男で……そいつは、タバコ吸う男だよね」

「……なんだ、気づいてたんだ。それなら早く、言ってくれればよかったのに……」

サエコさんはうつむき、肩を震《ふる》わせた。

え？　爽太は目を疑った。サエコさんの白い頬を、涙がひとすじ流れる。そして嗚《お》咽《えつ》を漏らし、泣き始めた。この女……この女は……この女は……。ぎりぎりと歯を食いしばり、拳を握りしめた。そして……。

「別にいいじゃんっ！」爽太は立ち上がった。「今までどおりでいいよ！」

声を荒げる爽太を見て、サエコさんが、は？　となっている。

「二股でいいし！　またその彼氏がどっか行っちゃったときは俺がサエコさんの暇つぶしするし!!　それでいいじゃん、何がダメなの？」

「……はい？」

「俺はぜんぜん、ていうか……たいして気にしてない。俺はサエコさんのそばにいて、いつかちゃんと好きになってもらえればそれでいいよ、それもずっと、ずううっと先の話でいいからさ……」

サエコさんは握りしめた拳を口に当て、驚き……いや、呆れ顔で爽太を見上げている。

「だから……ね？」

　爽太はベンチに座り、真剣な瞳でサエコさんを見つめた。サエコさんはドン引きしていたが、気を取り直したようだ。急に真顔に戻り「……ごめんなさい」と、うつむいた。そしてまつげを震わせながら、爽太の膝にチョコレートの箱を置き、立ち上がった。

「サエコさん、待って」

　声をかけると、サエコさんが足を止めた。

「ちょっとでも、俺にごめん、って気持ちがあるなら、せめてこのチョコは、持っていって」

「……でも……」

「そのへんに捨てていいから。誰かのために作ったものを、自分で捨てるのは、けっこうキツイんだ。だから、その役はサエコさんにやってもらえると……俺も、ちょっとは救われる」

　箱を元の紙袋に入れて、サエコさんのそばまで歩いていき、さしだした。まるで爽太の心を察したように、空から雪が舞い落ちてくる。背中を向けたままだったサエコさんが、振り返った。泣いた後の目で、紙袋をじっと見ていたサエコさんは、申し訳なさそうに受け取って、そのまままた背中を向けて歩いていった。

いつのまにか本格的に降り始めた雪の中、サエコさんの背中が小さくなっていって……ついに見えなくなる。公園にひとり残された爽太は、ずいぶん長い時間、そこから動くことができなかった。


涙は、出なかった。だけど……何もする気力が起きなかった。バレンタインから数日間、爽太はペットボトルやコンビニのゴミ袋が散乱する部屋のベッドの中で、日がな一日丸まっていた。

「いつまでそうやってんだ、引きこもり養えるほどうちは裕福じゃねえぞ。卒業したんだから、とっとと店手伝え！」

階下で誠が怒鳴っているが、爽太の耳には入らない。けれど……。

「爽太くん……わたし、ボネールのチョコが世界中で一番好き」

突然、頭の中にサエコさんの声が鳴り響いた。パッと体を起こすと、棚の上に置いてある、ラトゥリエ・ド・ボネールの箱が目に入った。いつかサエコさんにもらったチョコレートの箱から、妖精姿のサエコさんが飛び立つ。幻聴。そして幻覚。だけど……。爽太はベッドから立ち上がった。

「あ、お兄ちゃん、起きてきた。ひさしぶりぃ」

リビングに降りていくと、登校前の妹が声をかけてきた。妹、まつりは中学三年生だ。

「なんだ今頃」

朝ご飯を作っていた誠は、卵をフライパンに割り入れたところだ。

「ちょっと、パリ行って来る」

「いってらっしゃーい」

学校やアルバイトに行くときと同じテンションでまつりは送り出してくれた。爽太があまりに軽い調子で言ったので、あまり深くは考えていないのだろう。

そして……。


十数時間後、爽太はパリの街中でも、ひときわ洗練された店構えである建物《ラトゥリエ・ド・ボネール》の前に立っていた。店内は自然光とほの暗いシャンデリアの灯りに照らし出され、アンティークな雰囲気の中、ショーケースには精緻をこらしたチョコレートがずらりと並んでいる。

「ボンジュール」まるでインテリアの一部のような美しい女性店員に、声をかける。

「僕は小動爽太です。日本から来ました。えっと……ここで、ボネールで働かせてください」

メモを読みながらフランス語で必死に伝えたが、店員は無表情だ。通じなかったのか？　もう一度言おうとすると、店員はくるりときびすを返して奥へ行ってしまった。

「さすがに怪しすぎたか……」

と、反省しつつガラス張りの厨房をのぞいてみる。すぐそこで若い職人がテンパリングをしていたが、いまひとつ手際が悪い。あれじゃまずいな、と見ていると、

「こんにちは」

日本語で声をかけられた。え？　と振り返ると、コックコートを着た若いフランス人……いや、日本人？　ハーフ？　とにかく、美形の若い男性店員が近づいてきた。

「日本から来たんですか……」

「お願いします！」爽太は彼の手を取った。「ここで働かせてください！」

彼はええっ、と引いているが、爽太はまくしたてた。

「製菓学校も出たし、実家はケーキ屋で手伝いもよくしてました。チョコレートも勉強しました。ひととおりのことはできます！」

「は？　何言ってんの、そんなの無理だって」

彼もさっきの彼女と同様、爽太に背を向けて戻っていこうとする。

「無理は承知です！　でもここまで来てあっさり帰るわけには……！　なんなら上の

人に直接……」

　強行突破しようとした爽太のバックパックが落ちて、中のものが床に散らばった。財布、漫画誌……。

「こ、これは『週刊少年マンデー』……は、は、春の特大号！」コックコートの彼は、爽太が暇つぶしのために成田で買ってきた漫画誌を手に取った。「ネットで見たんだ。『猫夜叉』ついに最終回だって！！！」

　大きな瞳を輝かせてページをめくろうとしている彼の手から、爽太はばっと雑誌を取り上げた。ボネールに日本の漫画オタク？　大丈夫か？　そう思いつつも、このチャンスを生かさない手はない。

「上の人に取り次いで。俺はここで働きたい。君の友だちだとかなんとか言ってとにかく交渉してくれよ。そしたらこれ、やるから」

　爽太の頼みを聞くべきか否か、彼はしばらく考えていた。だが葛藤《かっとう》の末《すえ》にさしだされた漫画誌をひったくるようにして手に取り、立ち上がって厨房の方へ行く。

「あ、あと……あの人って新人……？」

　爽太はガラスの向こうを指さした。

「ああ、新しく入った見習いだけど……」

「テンパリング、うまくいってないと思う。やり直したほうがいい」

「……そこから見てわかるの?」

「……わかる」

うなずく爽太にその場で待ってろと言い、彼は厨房に入っていくと年配の職人に声をかけた。すると、その職人がちらりと爽太の方を見てから、テンパリングをしていた若手職人の手を止める。そして、つかつかと爽太の方に歩いてきて、ドアを開けるとエプロンを投げつけてきた。

「《やってみろ》」

え? とりあえずエプロンは受け取ったが、フランス語なので何を言っているかわからない。

「《テンパリングをとってみろ》」

タンペレ……ショコラって言った……よな? つまり、テンパリングしてみろということか。爽太は上着を脱ぎ、エプロンをつけ、ワークブーツの音を響かせながら厨房に入っていった。


本場の一流チョコレート店の職人たちが見守る中、爽太は緊張の面持《おもも》ちでボウルに向かった。チョコレートの香りに包まれると、否応なくサエコさんのことが頭に浮かぶ。ごくり、と喉を鳴らし、心を落ち着け、スパチュラを手に取り広げたチョコレートを混ぜ始めた。これは、ありったけの情熱を注いだ俺の分身。サエコさんの口に含ませたい。彼女の体の中に注ぎ込みたい。そんなみだらな野心が、爽太をこんなところにまで連れてきた。

チョコレートがサエコさんの体内に流れ込んでいく様子を思い浮かべながら、爽太は素早くスパチュラを動かした。

――サエコさん、俺は必ずショコラティエになる。何年かかってもいい。誰もが認めてくれるショコラティエになって、あなたの目にも留まるくらい有名になって、『あのとき捨てるんじゃなかった』って後悔させるんだ。それで、俺のショコラをこっそり食べたあなたが、《セ・ボン》って声を上げる。それが俺の夢だよ。たとえその声が、俺の耳に届くことはないとしても――。

ただひたすら、心の中でそう思いながら……。


二〇一三年、秋――。

『海外で活躍する日本人。今日は、パリの人気チョコレート店、《ラトゥリエ・ド・ボネール》に来ています。このお店は世界でも有数の……』

テレビから流れてくるレポーターの声に、メイク中のサエコはリビングに駆けてきた。

「あ、ボネールだ。やっぱりパリ行きたい！　ボネールのチョコ食べたあああい!!」

「えええ。チョコなんか、どこのもそんな違わないでしょう？」

リビングでコーヒーを飲んでいた姉がクールに言い放つ。

「何言ってるの、お姉ちゃん。ぜんぜん違うよ。ボネールのは特別なんだから！」

『そしてこの世界一とも賞されるチョコレート店に、なんと日本人の職人さんがいらっしゃるんです』

「へーえ」

マスカラを塗りかけのまま、サエコはソファに腰を下ろし、テレビ画面を凝視した。

『単身パリに渡って六年、修業を積んでこられた若きショコラティエ、小動爽太さんです』

画面に、爽太のアップが映し出された。え……。サエコの手から、マスカラが落ちる。

『ボネールでチョコレートを作るのが僕の夢でした。ですが、来月日本に帰って自分の店を開くんです。ボネールに負けないくらいおいしいチョコレートを、日本の皆さんに楽しんでいただけたらと思います』

「……うそ……」

サエコは驚きで固まっていた。

「じゃあ、いきますね」

カメラマンが、改装を終えたばかりの店内で爽太にカメラを向ける。天井には豪華なシャンデリア、らせん階段の上にもカフェスペースがあり、全体的にアンティークな雰囲気は《ラトゥリエ・ド・ボネール》と似ている。帰国後、、爽太は誠のケーキ店をチョコレート専門店に改装し、店長をつとめることになった。

「すみません、こちらに立っていただけますか、新しいお店の雰囲気も入れたいので」

「はい。いいですよ」

真っ白なコックコートを身にまとった爽太は、笑顔でカメラにおさまった。

「絵になりますね、さすがチョコレート王子」

インタビューをしながら、女性記者が声をかけてくる。

「いえ、そんな……」

陽だまりの中、爽太は余裕の笑みを浮かべた。誠は店のリニューアルを案外すんなり受け入れてくれたし、ボネールのネームバリューのお蔭で、幸か不幸か日本に降り立つなり『チョコレート王子』なんていう肩書きまでついて、雑誌にも紹介された。すべりだしとしてはかなりの好感触だ。あとは……。

「すいません……」

と、取材陣が帰った後、小さな声が聞こえてきた。幻聴か？　違う。コツン、コツン。ブーツのヒールを響かせながら入ってきたのは……。

「……爽太くん……」

小首をかしげ、緊張の面持ちで爽太の顔をうかがうようにしているのは、サエコさんだ。

「……サエコさん、久しぶり」

帰国してから、いいことだらけだ。爽太は感じていた。

「すごいね、自分のお店持つんだね。なんかすごくなっちゃって。今じゃチョコレート王子だもんね」

サエコさんは店内を見回し、改めて爽太を見上げた。ああ、この上目づかい。そうだよ、これだよ。殺人的な可愛さは、六年経っても変わっていない。

「いやいや、あれはいろいろ言い過ぎだから」

「そんなことないよ……爽太くん、すごく輝いてる」

「まだまだ。この店をどこよりもおいしいショコラティエにするんだ。サエコさんが喜んでくれそうなもの、たくさん作るよ」ポケットに手を入れ、サエコさんに背を向けて窓辺に立つ。「だからサエコさん、買いに来てくれる？」

振り返ると、サエコさんがパーッと花が咲くような笑顔になる。

「……もちろん！　じゃあお店がオープンしたら一番に来るね」

「ありがとう」

　向かい合うふたりのあいだに、沈黙が流れる。

「……じゃあ、また」

　ここはがっつかずに、クールに決めよう。爽太が言うと、サエコさんはうなずいたものの動かない。

「……あのね。六年前、爽太くんにもらった手作りのボンボンショコラ、すごくおいしかった」サエコさんは恥ずかしそうに切り出した。「あんまりおいしくて、一個食べるごとに悲しくなっていったくらい。だって……爽太くんのチョコレートは、どこにも売ってないいんだもん」

　涙目で見上げるサエコさんに、爽太は胸をつかれていた。

「……この六年間ずっと、爽太くんのことが心に引っかかってたの。だから、今日、こんなふうに話せて、本当にすごく嬉しいんだよ」

「……うん。俺も、すごく嬉しいよ」

　内心のドキドキを隠し、大人の男っぽくふるまう。

「……また会ってくれる？　ちゃんと会って、ちゃんと話したいことがあるの」

「……うん。もちろん」

「よかった。じゃあ……またね」

サエコさんは可愛く手を振って、店を出て行った。爽太もすこし手を挙げて応じる。バタン、とドアが閉まり、サエコさんが見えなくなって……。爽太はだんだんと息が荒くなっていくのを感じていた。

俺、やった……？　ついに、やったのでは?!　爽太の鼓動はフルマラソンを走り終えた後のように、ただごとでないぐらい乱れていた。

「それはやったよ、ついにやったんだよ、ソータ！」

夜、リビングで話を聞いてくれたオリヴィエ——例の、日本の漫画好きの店員だ——がガッツポーズを作った。爽太本人もやった！　と思っている。でも、浮かれてしまいそうな自分をぐっとこらえる。

「いや……そうかな……」

「そうだよ、だって彼女のほうから来たわけでしょ？」

オリヴィエはコントローラーを手にテレビのほうへ戻っていった。まつりとゲームで対戦中なのだ。ソファでは、薫子が渋い顔でパソコンとにらめっこしている。

爽太が帰国を決めたとき、オリヴィエも一緒についてきた。日本のオタク文化が大好きなのだ。

「初めまして。オリヴィエ・トレルイエです」

ひと月ほど前、帰国後すぐに店で紹介すると、薫子はオリヴィエ？　と、首をかしげた。

「こう見えてフランス人とのハーフ」

「ママが日本人なんです」

爽太とオリヴィエは言ったが、薫子は信じていないようだ。たしかに、オリヴィエは顔立ちもはっきりしているのだが、普通に日本人に見える。けれど……。

「お父さんは、あのピエール・トレルイエだよ」

爽太は薫子に言った。

「え？　トレルイエ？　トレルイエって……あの?!」

「そう。世界的老舗パティスリー、トレルイエの御曹司だよ。こう見えてね」

「えええええ!!」

薫子は目を丸くしていたが、爽太だって、初めてそれを知ったときは驚いた。オリヴィエはトレルイエからボネールに修業に出されていたのだ。爽太があっさりボネールで雇ってもらえたのも、オリヴィエの七光りパワーのおかげだろう。運がよかったと感謝している。

「ねえ、まつりちゃん、女の子が、なんとも思わない男のとこにわざわざ来ないよねえ?」

「まあ、なんかあるよね」

オリヴィエに同意を求められたまつりは、ゲームをしながらうなずいた。日本で店を開くから手伝わないかと言ったら、日本のアニメ好きのオリヴィエは快くついて来てくれて、今は小動家に居候《いそうろう》している。そして毎晩、ソファでまつりとゲームをしている。爽太がパリにいた六年間、まつりに頼んで毎月オリヴィエに漫画誌を送ってもらっていたせいもあるのか、ふたりは妙に気が合っている。

「爽太くん、このボンボンショコラの種類なんだけど……常時二十種類ぐらいは欲しいよね」

薫子が顔を上げた。キッチンで夕食の準備をしていた爽太は、パソコンをのぞきこんだ。薫子は商品アイディアやら販売戦略やら、ものすごくやる気を出してくれて頼りになるので、いろいろ任せている。

「うん、一部は季節限定にして……」

「じゃあ基本、このラインナップでいいかな」

「うん、あとはお客さんのリアクション見て変更していこうか」

開店に向けて、小動家のリビングでは日々、ミーティングが行われていた。

「そうだ、ナバラの担当の方が直接会いたいって。土曜日に」

薫子が言った。食品メーカーとの大事な打ち合わせではあるのだが、土曜日は……。

「その日はサエコさんと会う日だよね？」

オリヴィエが言ってくれた。

「そう、じゃあ金曜日に変更を……」

薫子は予定表を書きかえている。

「土曜かぁ……やっぱ、つきあってって言ってくるのかなあ、サエコさん」

ねえ？　と、オリヴィエが爽太を見る。そんなんじゃないよ、と否定したが、

「ホントは期待してるくせに」

すかさずまつりにつっこまれた。してないから、と、答えつつも、もちろん、思いきり期待している。

「それから、店の名前を早く……」

薫子はあくまでもミーティングを続ける。

「ねえ、どうなの、今日どんな雰囲気だったの？」

だがオリヴィエはまったく無視だ。

「店の名前決めないと、看板も発注できないし、包装紙やリボンのデザインも遅れるから……」

薫子も譲らない。

「ふたりっきりだったわけでしょ?」

「で、わたしずっと爽太くんのことが……って?」

「ええっ?　そんなこと言われたの?!」

まつりとオリヴィエはすっかりふたりで盛り上がっている。

「……いや言われてないよ。……なんか……近い感じのことは言ってたけど」

「え、じゃあサエコさん、わたしのお姉ちゃんになったりして?」

まつりは能天気にはしゃいでいる。

「とにかく店の名前を……」

「いや、今日もう普通にキスぐらいできたでしょ!」

「向こうは待ってたんじゃないの?」

「それはないよ。たまたま、雰囲気がそんな感じだっただけで」

爽太はオリヴィエとまつりの言葉を否定したが、まんざらではない。

「だから、店の名前を……」

「もう決まりだよ。店の名前、ショコラ・ド・サエコにしちゃえば?」

オリヴィエが言ったとき、

「いい加減にしなさい!!」

ついに薫子がブチ切れた。

土曜日、爽太は待ち合わせのカフェで、クリーム色のふわふわのニットを着てはにかんでいるサエコさんと、向かい合っていた。なんだか、うまく行きすぎてる。もしかすると神様が、行くべき道へ、そっと門を開けてくれたのかもしれない……なんて、爽太はついいい気になってしまう。コーヒーを飲みながら、目が合うと、サエコさんはフフフ、と照れて下を向いてしまう。

「……で、なにかな、話って……」

爽太は冷静を心がけながら、切り出した。

「うん……あのね。こんなこと言い出すの、ほんと図々しいなって自分でも思うんだけど……でもやっぱり、ダメモトでも、わたしの正直なお願い、聞くだけ聞いてほしくて」

来た！　心の中でガッツポーズをしながらも、もちろん、そんなそぶりは見せない。

「サエコさんのお願いなら何でも聞くよ、何？」

「あのね、わたし……」

はにかむサエコさんを見ていると、爽太も頬がゆるんでしまう。

「……来月結婚するの」

時が、止まった。人はあまりにも驚くと、固まってしまうようだ。サエコさんはいつもの上目づかいにため息交じりの甘い声で喋り続けているが、爽太は薄笑いを浮かべながら、静止していた。

「それでね、ウェディングケーキと披露パーティーのデザート、爽太くんにお願いできないかなって」

サエコさんは胸の前で両手を合わせて、お願い、と首をかしげた。瞳孔《どうこう》が開ききってしまった爽太の目にも、左手薬指に光る婚約指輪はしっかりと確認できた。

その夜、爽太はソファに集まるみんなから離れ、床にうつぶせになっていた。

「ま、そんなことだろうと思った」

まつりはこの前、さんざん煽っておいて、ひどいことを言う。

「六年ぶりに女の人に会うんでしょ？　左手薬指はチェックしないとだめだよね」

薫子とまつりは、ねー、と、声を合わせている。

「で？　結婚する相手は？」

まつりの質問には、爽太ではなくオリヴィエが答えてくれた。

「十二歳年上のバツイチ。雑誌の編集者だって」

「大人んとこ行ったねえ」

薫子が言うように、高校時代、先輩や同級生のイケメンを制覇《せいは》したサエコさんは、結婚相手には知的な大人の男性を選んだ。

「大丈夫かな、店の名前、《失恋ショコラティエ》になっちゃうんじゃない？」

「ありえる」

オリヴィエとまつりが言い合っているが、

「バカなこと言ってるんじゃないわよ。バレンタイン商戦に命かかってるチョコ屋が、そんな縁起の悪い名前でどうするのよ」

薫子がすぐさま否定したところに、爽太は立ち上がり、テーブルにスケッチブックをバン、と置いた。

「なにこれ？」

「ウェディングケーキのデッサン。パーティーは五十人くらいの規模だそうです」

みんなは爽太が落ち込んでいると思っていたようだが、さっきから床に寝そべってケーキのデザインを考えていたのだ。

「……どういうこと？」

「デザートはチョコレートづくしにして欲しいというのが新婦さんのオーダーで、あとウェディングケーキと、引き出物の焼き菓子もご注文いただきました。開店準備で手一杯なのに、もっと忙しくなっちゃうのが申し訳ないけど、俺らの初仕事になるんだ。がんばっていきましょう。よろしくお願いします」

「……まさか、引き受けたの？」

信じられない、といった表情で、薫子が爽太を見る。

「引き受けたよ」

「バカじゃないの？」

「どうして？　大きな仕事だと思うけど？」

「自分の店の開店準備で、ただでさえ寝る時間もないぐらい忙しいし、今は全力で店のチョコレートを仕上げなきゃいけない大事な時期なのよ？　そんなときに、そんな……昔ふった男に平気な顔で頼みごとしてくる図々しい女のために、はいわかりましたって、またアホ面下げて作るの？」

「作るよ。だって、ウェディングケーキだよ？」爽太は言った。「サエコさんが、一生にたった一度しか食べない、大事なケーキだよ？　それをほかの男に作らせるわけにはいかない」

爽太の言葉に、リビングは静まり返った。重苦しい空気に気づき、爽太はふっと笑みを漏らす。

「それにね、サエコさんのだんなさん、グルメシーカーっていう雑誌の副編集長なんだって。ウェディングケーキ気に入ってもらえたら、見開きで新しい店の特集してくれるって」

　と、カバンからグルメ雑誌を出して薫子に渡した。

「店にとっても、いい話だと思わない？」

　ダメ押し。薫子も何も言い返せずにいる。これで決まりだ。


「ソータ？　ソータはサエコさんとどうなりたいの？」

　夜、自分の部屋でサエコさんの披露宴のためにデザイン画を描いていると、オリヴィエが声をかけてきた。「どうって……別に……」

「ちゃんと考えなよ。サエコさんはほかの男の奥さんになって毎日その人と寝るんだよ？」

「出会ったときから、とっくにサエコさんはほかの男と寝てたよ。あの人はいっつもほかの誰かのものだった。だから、今までとなんにも変わらないよ」

「ソータにとって、サエコさんって何？　女神？　ああ妖精さんか？」

「なんだよ、その言い方」

「そうだ、ウェディングケーキの試食会、うちで開くってのどう？　ここに呼んで、サエコさん、やっちゃいなよ」

　離れた場所でデザイン画を見ていたオリヴィエが、近づいてきて嬉しそうに言う。

「何それ。結婚する女をどうこうできるわけないだろ」

「ソータは、サエコさんに夢見過ぎじゃない？　彼女のこと、これからも妖精さんとか言って見てるだけでいいの？　それとも覚悟決めて、リアルな女性として関わっていくの？　まあそれって、不倫ってことだけどね」

「漫画だゲームだって二次元にしか興味のないおまえに、そんな生々しいこと言われるとはね」

言い返しようがなくて、話をはぐらかそうとしたけれど……。

「二次元はアートだよ。昔パパが言ってた。《アートは人生を彩る大切な花》」オリヴィエは突然フランス語で言う。「《でも恋はアートじゃない。人生そのもの》」

「《La Vie》……人生？」

爽太もフランス語で、繰り返した。

「《過酷で、ドロドロに汚れるものだ》」

オリヴィエの言葉が、爽太の胸にストレートに響いた。

「こんにちは。お言葉に甘えて来ちゃいました」

オリヴィエが言ったことをたくらんでいるわけではないが、数日後、爽太は自宅にサエコさんを呼んだ。

「いらっしゃい」

玄関でブーツを脱ぐサエコさんのスカートと太ももに目がいってしまう。ピンクのミニのワンピースにニーハイソックス。その間の白い太もも……。ワンピースの丈、短すぎやしないか。何考えてるんだ？　今日は俺しかいないって言ってあるのに……いや、何も考えてないのか……。爽太は動揺していたが、

「可愛〜い、ねえ、写真撮っていい？」

リビングにあがってきたサエコさんは、ワゴンに載せた三種のエクレアの試作を見て、きゃあきゃあと声を上げてはしゃいでいる。爽太に背を向けて、背伸びをしたり、あちこちの角度から写真を撮っているサエコさんは、背後から見るとものすごく無防備だ。この人ガードゆるすぎ。っていうか、ガードとかっていう概念が、ないよな。

キッチンで紅茶を淹れていた爽太は、思わず目を閉じた。

普通に……できるな……。よし。キッチンを出ていき、写真を撮っているサエコさんの手首を、やおら掴んだ。驚いて顔を上げたサエコさんの頭を掴み、唇を奪った。

「え……ちょっ……爽太くん……！」

戸惑うサエコさんを、そのままソファに押し倒し、上からのしかかる。

「ダメ、わたし、ほかの人と結婚するんだよ？」

サエコさんは両手で、爽太を押し戻そうとする。

「ダメならこんな短いスカートはいて来ちゃダメだよ。攻略してくださいって言ってるようなもんじゃん」

サエコさんを見下ろしたまま悪い男風に言うと、サエコさんの腕からすうっと力が抜けるのを感じた。

「……わたし、攻略されちゃうの？」

ソファに組み敷かれたサエコさんが、うるんだ瞳で見つめ返してくる。ぽってりした唇がツヤツヤと光っている。この角度から、初めて見るサエコさん。いつもの可愛いサエコさんとは違う。エロい。激エロだ。

「するよ」

サエコさんの髪を撫でながら、吐息まじりの深い深いキスをする。爽太が次の動きに出る前に、サエコさんの片方の脚が、ゆっくりと爽太の背中にからみついてきて……。


「うん、可愛く撮れた！　ねえ、爽太くん！」

サエコさんの声で、爽太はハッと我に返った。今のは、すべて、妄想だ。押し倒すどころか、爽太は紅茶を飲んでいただけだ。慌ててサエコさんの分の紅茶を出しながら、ソファに腰を下ろした。

「すごい可愛いね、これ。売り物にしないの？　もったいないなあ」

「え？　ああ、うん。パーティーで評判がよかったら、商品にしようかな」

「そうだよ、わたし、みんなにバンバン宣伝するから」

「ありがとう」

サエコさんは幸せそうな表情を浮かべて、携帯の画面を眺めている。

「……あのさ。ダンナさんとは、どうして結婚しようと思ったの？」

思い切って、聞いてみた。

「……え……なんでかな。ぱっと浮かんだんだよね。この人と結婚して、奥さんになって、っていう図が。夢とか妄想とかじゃなくてね」

「夢とか、妄想……」

「うん、ああ、自分はそうなるんだなって、わかったの。たぶん、神様がそっと門を開けて、『こっちだよ』って教えてくれたんじゃないかな？」

頬をピンクに染めて微笑むサエコさんに、爽太は力なく笑い返した。

その夜、爽太はオリヴィエと、開店を間近に控えた店の厨房にいた。

「なんでしなかったの？　ガッカリだよ」

ふう。オリヴィエはため息をついた。店の商品の試作とウェディングケーキの制作を並行してやっているので、ふたりともフル回転だ。爽太はちらりと壁の時計を見上げる。

「もう一時だし、上がっていいよ。あとは俺ひとりでやるから」

と、そこにドアが開き、薫子が顔を出した。

「ねえ、やっぱり引き出物の焼き菓子は断らない？　時間的にも体力的にも無理よ。爽太くん、何日寝てないの？　あのさ、これから自分の人生懸けてやってく店と、何年も前にふられた、もうじき結婚する女と、どっちが大事なの？」

「……ごめん、これは、どうしてもやりたいんだ」

爽太は真剣な目で作業を続けながら答えた。

「あっちはやれなかったからね」オリヴィエの言葉に、薫子が、え？　と反応する。

「せっかくふたりきりにしてあげたのに、なんにもできなかったんだよね、この人」

「サエコさんとは、まだ時期じゃないんだよ、たぶん。だったら、無理して壊すことない」

「その時期、とやらはいつ来るのかしらね？」

いつものことだが、サエコさんに関しては、薫子はシビアだ。

「待つのは俺、ぜんぜん平気だから」

「ほんと我慢強いよね、爽太くんは」

「こんだけ忙しくても、仕事のクオリティ落ちないしね」

オリヴィエはチョコレートをつまみながらお気楽な口調で言った。

「いや、結婚パーティーの仕事引き受けてよかったんだ。働いている間は、何も考えないで済むし」

「彼女、人妻になるのよ？　もう手出しできない女のために、バカみたい」

ついに薫子は我慢の限界に達したようだ。

「わかってるよ、そんなこと」

「じゃあ、なんで？」

「彼女の笑ってる顔が見たいんだよ。何もできなくても、サエコさんを笑顔にすることなら、俺、できるからさ」

爽太はふたりに背を向け、規則正しく、泡立て器を動かしはじめた。ステンレスのボウルの中で、最初はただの液体だった生クリームが、だんだんとクリーム状になっていく。

子どものころ、初めて生クリームを泡立てたときの気持ちを、爽太は今でもはっきり覚えている。こんな液体が本当にあのふわふわのかたまりになるのかなって、心細い気持ちで延々泡立て器を回してた。このまま永遠に、何も変わらないんじゃないかって思いながら……。でも、いつも、手応えを感じるときが、不意にくる。みるみるうちに、ホイップクリームが出来上がる。まるでサエコさんのように真っ白で甘くてフワフワで……。もちろん、それとこれとは違うこともわかっている。それが、自分の夢や妄想にすぎないことも。

それでもいい。爽太は泡立て器で持ち上げたホイップを見ながら、強く思った。

さあ、それじゃあ……。

真っ白なホイップクリームを、茶褐色《ちゃかっしょく》のドロドロに溶けたチョコレートの中にワサッと落とす。そして、ゆっくりと混ぜはじめる。

ドロドロに、汚れましょうか……。

「おめでとー、サエコ」

「すごくきれい！」

「ありがとー」

薫子とオリヴィエが控室に入っていくと、ウェディングドレス姿のサエコさんが、こぼれるような笑みを浮かべて、友人たちとシャンパングラスを傾けていた。

大きな窓から射し込む陽射しと、美しい花嫁と、祝福する友人たち……。文句のつけどころのない、幸せな風景だ。

「お話のところ、すみません。ご注文のものを、お届けに上がりました」

薫子が声をかけると、サエコさんが振り返った。

「わ……きれい……すごーい。感動～」

サエコさんはオリヴィエが運んできたワゴンの上のウェディングケーキを見て、息を呑んだ。そして「あれ、爽太くんは、爽太くん？」と、部屋の中を見回す。

「彼は今朝、倒れました」

薫子はいつものきっぱりとした口調で言った。

「え！」

「ケーキは完成させてから倒れましたから、ご心配なく」

「何かあったんですか。爽太くん今、どこに……」

「あなたのせいです」

薫子はサエコさんを見据え、敢えて感情のこもらぬ口調で言った。サエコさんは、え……と、絶句している。

「いくら情熱があったって、人間ですから、限界超えれば倒れます。あなたは、あの人が本当になんとも思わずに、あなたの結婚パーティーの準備をしてきたと思ってるの？」

うろたえた表情を浮かべるサエコさんに、薫子はふっと力を抜き、笑顔を作った。

「本日はおめでとうございます。どうぞ、お幸せに」

薫子はカツカツと靴の音を鳴らし、退室した。

あ、あ……。マイクを通した爽太の声が、披露宴会場に響き渡る。よし、マイクはOKだ。

「ええと、僕が新婦サエコさんに初めて会ったのは、高校一年のときです」蝶ネクタイ姿の爽太はスピーチを始めた。「あのときの、全身がザワッとするような、理屈を超えたときめきは、今でも忘れられません。サエコさんはその頃から可愛くて色白で可憐で、いつも笑顔で、優しくて、輝いていて……」

サエコさんは照れくさいような、誇らしいような、満面の笑みを浮かべている。

「学年一のイケメンを次々乗り換え、まわりからは、盛りの付いたメス犬呼ばわりされていました」

サエコさんの笑顔が固まった。新郎の吉岡も、招待客たちも硬直している。

「僕もかつては告白して、キスしたこともありますが、そのときもサエコさんにはほかに男がいて……そう、つまり僕は、二股かけられてたんです」

目を見開いたまま動けずにいるサエコさんを、吉岡が、いったいどういうことだ？と肘でつついている。

「それから今日まで、何人男を乗り換えてきたか知りませんが、ホントに、この女はどうかと思います……どうかと思いますよ、でも！」爽太は背後にまだ少し残っているウェディングケーキを指さした。「今、皆さんが召し上がっているウェディングケーキ、この《フォレ・ノワール》というケーキは、僕のサエコさんへの恋のくすぶりそのものです！」

招待客たちは、先ほどケーキ入刀の後、切り分けられたケーキに視線を落とす。フォレ・ノワール。つまり、黒い、森、だ。

「純白のクレーム・シャンティが無垢《むく》なふりして包み隠すのは、薫《かお》り高いキルシュの染みこんだどす黒くてほろ苦いビスキュイ・ショコラ。その内に秘めるルビー色のグリオット・チェリーは僕の恋心の結晶です。そう、このケーキは、僕のサエコさんに対する情念の塊《かたまり》なんだ！」

爽太はサエコさんに向き直った。

「僕は、僕はサエコさんを諦《あきら》めません！」

そうだ。これがずっと伝えたかった。

「だいたい、こんな女の結婚生活が平穏に続くわけないんだ。不倫上等！　俺は絶対に諦めない！」

挑戦的にサエコさんを指さしたところで……。

ハッ。目が覚めた。

「ゆ、ゆ、夢か……！」

ぐっしょりと、汗をかいている。自室のベッドで、眠っていたようだ。ハア、ハア、と、肩で荒い息をしながら、時計を見て、ほう……と息をつく。午後四時。今頃サエコさんは新郎と腕を組み、ライスシャワーを浴びながら、笑顔を見せているのだろう。

空しい気持ちになったとき、携帯が鳴った。

「……もしもし？」

着信画面も見ずに反射的に出ると、

「爽太くん、大丈夫？」

サエコさんの声がした。その声に、胸がズキンと音を立てる。

「……サエコさん……いいの？　パーティーの最中でしょ？」

「爽太くん、倒れたって聞いて、すっごく心配で。ごめんね。お仕事忙しいのに、わたしが無理に頼んだから……ホント、ごめん」

小さく、鼻をすする音がする。

「お、俺なら大丈夫。倒れたなんて大げさだよ。ケーキ仕上がったら安心して睡魔《すいま》に負けちゃっただけだから」

「爽太くん……」

「……ん？」

「……ありがとう。ケーキ、ほんとうに素敵だった。思ったとおりだった。やっぱり爽太くんは、わたしが好きなもの、ちゃんとわかっててくれるんだよね」

サエコさんの声を聞きながら、爽太はそっと、目を閉じた。

「切るのもったいなくて、困っちゃったよ」

爽太の脳裏に、吉岡にケーキを食べさせてもらい、満面に笑みを浮かべるサエコさんの顔が浮かぶ。

「すっごくおいしかったよ」

「……よかった」

「サエコ、何やってるの、花嫁が席外したままじゃ吉岡さん、困るよ？」

と、電話の向こうから、サエコさんを呼ぶ誰かの声が聞こえてきた。

「ごめん、もう行かなきゃ」

「電話ありがとう」けれど、サエコさんは電話を切ろうとしない。だから、呼びかけた。「……サエコさん」

「なに？」

「……結婚、おめでとう」

爽太は、絞り出すように言った。

「……うん、ありがとう」

「じゃあ……」

もう、これ以上は無理だ。胸が苦しすぎる。爽太から切ろうとすると、

「あ、あのね」

サエコさんの声がした。

「爽太くんのお店のオープン、楽しみにしてるね」

「うん」

「わたし、すごいことに気づいちゃったの」

「なに？」

「お店がオープンしたら、爽太くんのショコラ、毎日だって食べられるんだよね。もうどこにも売ってないんだって、悲しくなること、ないんだよね」

そんなふうに言ってもらえる喜びも、ある。だけど、そう言われると、あのバレンタイン前日の深い傷が蘇《よみがえ》ってくる。そして、今日、嫁いでしまうサエコさんに対する、これ以上ないほどのやるせない気持ちと……胸の中で幾重《いくえ》にも層《そう》をなしている苦悩に、呑《の》み込まれそうだ。

「そう考えただけで幸せだよ。わたし毎日でも行っちゃう。通っちゃう！」

やめてくれ。苦しい。息もできないほどだ。だけど……。サエコさん、俺はもっと、

もっとサエコさんに傷つけられたい。もっと、ひどいこと言って。立ち直れないくらい俺を打ちのめしてよ。そうしたらきっと、あなたのことが嫌いになって、この恋を終わらせられる気がするんだ。

爽太は電話を切った後、パタン、とベッドに倒れ込んだ。

まだ痛みが足りないよ。今のままじゃ、あなたの嘘《うそ》かホントかわからないイノセントさにやられて……ますます、あなたに、ハマってくんだ……。

結婚式場に納品を終えて店に戻った薫子とオリヴィエは、後片付けをはじめた。

「ねえ、薫子さん、薫子さんは、ソータのことが好きなの？」

オリヴィエは尋ねた。ボウルを拭いていた薫子は、ふと、手を止めた。

「爽太くんが初めて作ったチョコレートを食べたのはわたしなの。そのとき『この子本物じゃないかな』って思った。全身がザワッとするような……理屈を超えたときめきを感じた」

遠い目をしながら語り始めた薫子を、オリヴィエが無言で見つめる。

「わたしは……わたし自身には大した夢とかないけど、爽太くん見てると、なんかいろいろ、夢が広がるの。彼を成功させたいなって、本気で思う。そう思ってるの……それだけ」

薫子は笑った。でもその笑顔は寂しげで……。オリヴィエは何も言えなかった。

そしてついに、オープンの日がやってきた。美しいショウケースには、爽太の渾身のチョコレートが並んでいる。薫子はひとつひとつを、丁寧に並べていった。ずらりと並んだチョコレートは、宝石のようにキラキラと輝いている。

「いよいよだね」

オリヴィエに声をかけられ、爽太はうん、と、うなずいた。

「オープンしてください、シェフ」

爽太は無言でうなずき、両手でドアノブを持ち、開け放った。そして外に出て、OPENの札《ふだ》をドアの横の椅子に乗せる。数歩歩くと、爽太は看板を振り返った。

《choco la vie》

今日は、自分の店《ショコラ・ヴィ》がオープンする記念すべき日だ。

サエコさん……。爽太は胸の中でサエコさんに語りかけた。

とりあえずあなたのせいで、ショコラティエをやることになったよ。俺が作るチョコレートは、あなたを幸せにできるかな……。

第2話

オープン前日、ステンドグラスから射し込む陽射しの中、爽太は教会の聖堂にひざまずいて祈りをささげていた。と、目の前に、白く、大きな羽を持った天使がいた。よく見ると……オリヴィエだ。慈母《じぼ》のような笑みを浮かべて、爽太を見ている。ぽかんとしている爽太に向かって、オリヴィエは尋ねてきた。

「ソータが欲しいのは金のサエコ？　銀のサエコ？　それとも……チョコレートのサエコ？」

「え、チョコレートの、サエコさん……？」

爽太の脳裏に、チョコレートを満たしたバスタブに浸かるサエコさんが浮かぶ。なめらかなチョコレートの中からすうっとサエコさんの白い脚が出てきて……。エロい。エロすぎる。

「……いや、ちがう、普通の！　普通のサエコさんをください！」頭の中の妄想を打ち消し、叫んだ。「たいして美人でもないくせに、俺の心と人生を振り回しまくって、やっと再会したと思ったらとっとと人妻になって、平気な顔でウェディングケーキを作らせる天然なんだかドSなんだかわからない普通のサエコさんをください！」

「それは一番、業《ごう》の深い答えだね」

オリヴィエがニヤリと笑った。その瞬間に背中の羽が黒く変わり、堕天使《だてんし》になる。

そして、爽太の口元にチョコレートを差し出した。

「普通のサエコが欲しい？　ならばわかってるよね？」

え？　ぽかんとしている爽太の口に、オリヴィエはポンとチョコレートを落とした。

「ソータ、君はもっと、……にならなきゃいけないよ」


目が、覚めた。夢だったのか……。最後にオリヴィエが言った肝心な言葉が、思い出せない。

「……なんて言ったんだ？」

首をかしげながら、爽太はベッドを降り、仕度をはじめた。


ショコラティエ《ショコラ・ヴィ》が開店した。

ドアを開けてすぐにお客さまを迎えるのは、仕切りの役割も果たしているガラスのケース。そこにはずらりとドライフルーツが詰まった瓶が並んでいる。天井から店を見守ってくれるアンティークのシャンデリアは、オリヴィエのお父さんからのプレゼント。外壁も内側の壁も、板チョコレートをモチーフにしている。ガラス越しに見える厨房で作業をするのは、華《はな》のあるオリヴィエ。彼こそがチョコレート王子の称号にふさわしい。

　オープンしてすぐに、たくさんの来店客があった。オープン数日前というグッドタイミングでサエコさんの夫が編集者をつとめる『グルメシーカー』で紹介されたのも効果的だった。フロアは薫子が仕切り、今日はまつりも手伝ってくれている。

　俺は幸せだ。爽太はしみじみと噛《か》みしめた。この歳で自分の店が持てて、バックアップしてくれる人たちがいて、そして……恋もしている。

　仕上げを終えた手元のチョコレートを見ると、サエコさんの言葉を思い出した。

「じゃあ、お店がオープンしたら一番に来るね」

　一番にドアを開けて、笑顔のサエコさんが飛び込んでくるのを期待していた。けれど、一番の客はサエコさんではなかった。

　来るかな。忙しいかな……。爽太はちらちらと時計を見た。チョコレートが大好きなサエコさんのことだ。新しいショコラティエがオープンして、足を運ばないわけがない。それがたとえ、爽太の店であろうとなかろうと……。

「いらっしゃいませ」

と、そのとき、まつりの声がして、爽太は顔を上げた。

サエコさんだ。手に可愛い花かごを持って、輝くばかりの笑顔を爽太に向けている。

「爽太くん、お店オープンおめでとう！」

「サエコさん！」

厨房を飛び出していき、サエコさんを抱きしめ、唇を奪った。一瞬、店内は静まり返った。やがてオリヴィエが拍手をしはじめ、続いてまつりが、薫子が、客たちが、拍手をしてくれる。ふたりは祝福されて……。


いやいや、それはない。首を振って妄想をかき消すと、ふう、とひとつ息を吐いてから、厨房を出た。

「来てくれたんだ、ありがとう」

爽太がサエコさんに近づいていくと、オリヴィエとまつりはさりげなく離れていった。対照的に、薫子はわりあいと近い位置からふたりを見据えていた。

「遅くなってごめんなさい。今朝、急に洗濯機の調子が悪くなっちゃって……修理の人に来てもらったりしてたら、こんな時間になっちゃったの」

はい、これ、と、花かごをさしだしてから、可愛く両手を合わせて謝ってくる。

お、なんか主婦っぽい。爽太は花を受け取りながら、心の中で思った。そうか、主婦なんだよな。絶対可愛いよな、こんな奥さん……。ひらっひらのエプロン姿で「おフロわいたよ、一緒に入ろ？」なんて言われたりして。またもや妄想して意味なくテンションが上がってしまう。

「爽太くん、ほんとごめんね。一番最初のお客さんになれなくて、すっごく悔しいよ」

「気持ちだけ一番で受け取っておくからいいよ。一番最初のお客さんも嬉しいけど、サエコさんには一生、俺のお客さんになってもらえるほうが嬉しいから」

決まった！　もしかして今のセリフ、プロポーズっぽくね？

「かああわいいっ！」サエコさんはまったく聞いていなかったようだ。きゃあきゃあ言いながら、何これ？　と棚やショウケースを見て回っている。そして、くるりと振り返った。

「ねえ、わたしのベッド、ここに持ち込んでいい？」

え……。な、なんか嬉しいな。ニヤつきそうになるのをこらえていると、

「持ち込んでどうするんですか？」

薫子が冷静に尋ねた。

「ここで暮らす！　毎日ここで寝起きする！」

サエコさんは薫子の冷たい視線をものともせずに、はしゃいでいる。最強だ。

この女……。うわさには聞いていたけれど、想像していたよりもさらにツワモノだ。バカじゃないの、バカじゃないの、バカじゃないの？　ここで暮らしたいなんて、寝ぼけたこと言ってるんじゃないよ！　胸ぐらをつかんで頬をぱんぱんぱんとひっぱたき……たいのをこらえ、薫子は拳をぎゅっと握った。

「どしたの？」

間抜けな顔で尋ねてくる爽太に、別に、と答えた。

「よかった、アミティエまだあって！　もうガトーショコラとマカロンの合わせ技なんて卑怯だよ！」

サエコさんはわざと爽太をジロリと睨みつけた。上目づかいで、計算しつくされていて……これまでいったい何人の男をその顔で恋愛地獄に突き落としてきたのだろう。

「あとオランジェット百グラムのを一袋と、ボンボンショコラ十二個入りを一箱……」

と、サエコさんは、奥に飾られている箱に気づいた。

「あの箱何？　なんか飾りがついてる……」

「ボンボンショコラの箱。二十個以上の箱にはチャームがついてるんだ」

爽太が答える。箱にかけられたリボンに、特製のチャームがついているのだが……

さすが、目が早い。

「チャームっ？　欲しいっ！」サエコさんは目を輝かせ「ごめんなさい、十二個入りを二十個入りに替えてください！」と、薫子に言った。

「ありがとうございます」

表情がくるくる変わるサエコさんとは対照的に、これ以上ないほどの無表情さで、薫子は言った。

でも……女子として完全に負けている気がするのは否めない。

「じゃあ、またね！」

頬をピンクに染め、満面に笑みを浮かべながら手を振り、サエコさんは帰っていった。淡い色の花びらが風に舞って、ひゅうっと出て行ってしまったような感じだ。

「ありがとうございました」

ニコニコ手を振っていた爽太は、ドアが閉まった途端に、メモをとりはじめる。

「アミティエ二、オペラ二、オランジェット百、ボンボン二十……」

薫子は、何？　と、のぞきこんだ。

「サエコさんが来た日付と時間と買ったもの。あ、天気もメモっとくか……」

「うわ、キモっ‼」

「え、そ、そう？　これは別にそーいうんじゃなくて……っていうかさ。恋する男なんて女の人から見たら多かれ少なかれキモいもんだと思うよ」

なあ、オリヴィエ？　なんて言っている爽太を見て、薫子は呆れ果てていた。恋する男、なんて自分で素直に言ってしまえる爽太が、ちょっと羨《うらや》ましいような気もした。

オープン初日から大盛況で、くたくただった。自室に戻った爽太はベッドに倒れ込んだ。でも、体はもう限界なのに、妙な高揚感があって、眠れない。

内装はオリヴィエにまかせて正解だったと、つくづく思う。ショコラティエはチョコレートを売るだけじゃなくて、夢や幸福感を売らなければいけないし……。サエコさんもうっとり店内を見回していたし。

チャームのついたボンボンショコラの箱も好評だった。やっぱり女の子は小物好きだ。イベントに合わせてまた何か作ってみるかな。そうしたらきっとサエコさんも喜んでくれるだろう……。だんだんと眠気が襲ってきたとき、漆黒《しっこく》の闇の中に、黒い羽根がひらひらと舞い落ちてきた。そして……堕天使のオリヴィエが現れ、爽太の耳元に囁《ささや》いた。

「ソータ、君はもっと……に……」

言われる前に爽太はオリヴィエをぐっと見返した。そしてすうっと眠りに落ちた。

開店してから初めての雨。店は比較的すいていた。夕方近くなり、ようやく雨が上がった頃、ひょっこりサエコさんが現れた。来たな。薫子は思わず身構えたが、

「いらっしゃいませ」

伝票を書いていた爽太はちらりとサエコさんを見て、またすぐに伝票に目を落とした。あれ？　と思ったのは、サエコさんも同様だったようだ。首をかしげて爽太を見ているが、

「何かお探しですか？」

薫子は敢えて声をかけた。

「え、あ、この、焼き菓子の詰め合わせひとつ。ラッピングしてもらえますか？」

「かしこまりました。ではお包みしますので、そちらにかけてお待ちください」

待っている間、サエコさんは椅子に腰を下ろし、店内を見回していた。と、数人の女性客が入ってきた。店内はあっという間に賑やかになる。その気配を察したのか、爽太が顔を上げてフロアを見た。

「ねえ、爽太くん、今日……」

サエコさんが立ち上がるのと同時に、

「すみませーん」

と、若い二人組み客のひとりが、爽太に声をかけた。

「あのっ、小動さん、ファンなんです。一緒に写真撮っていただいてもいいですか?」

彼女たちは、爽太のインタビュー記事が載っている雑誌を手にしている。

「ええ、もちろんです」

爽太は感じよく笑い、フロアに出てきた。そして、彼女たちと写真におさまってい る。その様子を、サエコさんは黙って見ていた。

「わあ、ありがとうございましたー」

女性客たちがきゃっきゃっとはしゃぎながら店を出て行ったのを見送り、サエコさんは爽太くん、と、立ち上がった。ところが同じタイミングで、厨房の電話が鳴り始めた。どうするかな、と思って見ていると、爽太は厨房に入っていって電話を取った。完全に仕事モードで、サエコさんを見もしない。サエコさんは諦めたように再び椅子に座った。サエコさんに頼まれた商品を用意し終えた薫子は、頃合いを見て、お待たせしました、と、紙袋をさしだした。

「え、あ、……どうも」

受け取ったサエコさんは、もう一度だけ爽太を見た。しかし爽太は電話中だ。

「じゃあ、また」

「ありがとうございました」

薫子は丁寧にお辞儀をして顔を上げ、ふと、サエコさんが座っていた椅子を見る。

その背もたれには、傘が掛けてあった。あれ、さっき立ち上がったとき傘に触れていたはずなのに、忘れていったみたいだ。

「……爽太くん、サエコさん、傘……」

傘を手に取り、爽太のほうを振り返った。でもまだ電話が終わりそうもない。仕方なく、薫子は傘を手に店を飛び出した。歩いて行くサエコさんの後ろ姿に、すいません！　と、声をかける。サエコさんが、ゆっくりと振り返った。薫子の手にある傘を見て表情がすっと変わる。あなたが、持ってきちゃったんだ……。その目は身も凍るほどの冷めた目だ。薫子はその顔を見て、サエコさんが何をしたかったのかを察した。でも、サエコさんはすぐにニッコーっと、笑顔を作る。

「ごめんなさい！　わたし、しょっちゅう傘忘れるの」

傘を受け取って立ち去るサエコさんの後ろ姿を、薫子はじっと見送っていた。

傘を渡して店に戻ってきたけれど、なんだか胸がざわざわしていた。

「サエコさんが買ったの、焼き菓子セットのAのほう？」

と、メモを手にした爽太に声をかけられ、ああ、うん、と、うなずく。

「焼き菓子セットA……天気は雨のち曇り、と……どうかした？」

爽太は薫子がぼんやりしていることに気づいたようだ。

「あ、いや、ごめんね？　サエコさん今、傘忘れて。でも爽太くん忙しそうだったから、わたしが持っててっちゃった。ふたりで話したかったよね？」

「……いやべつに」

爽太は、いつもと違う翳りのある横顔で言う。

「気持ちは見せなきゃいけないけど、なめられてもダメだから」

「え？」

「ただ犬みたいに真っ直ぐ追いかけたって、サエコさんはそんな男に心動くタイプじゃない」爽太は、薫子が見たこともないような冷めた表情で淡々と語り続ける。「そもそも学校中のイケメンを食い倒してきたような女だよ？　こっちが敢えて敷居《しきい》を少し高くして、甘い蜜《みつ》たっぷり用意して、こう……向こうから寄ってくるように、いっぱい罠を仕掛けなきゃいけないいんだよ」

爽太は右手を出し、てのひらを上に向けて指をゆっくりと動かした。獲物をおびきよせるような手つきだ。繊細なチョコレートを作る、色白で、長くて、美しい指。だけど節々は太く、男らしく、セクシーで……。薫子はふっと顔を赤らめた。

「なんていうかな、俺はもっと……悪い男にならなきゃいけないいんだよ」

爽太の手に釘づけになっていた薫子は、その言葉に、え？　と、顔を上げた。

「店やるのも同じことだよ。お客さんも、こっちから追いかけ回すわけにはいかない。

向こうから来てもらえるようにしないと」

「……うん」

「このメモもそう。サエコさん、うちのターゲット層の代表みたいな人だから、動向を記録して、今後の商品展開の参考にしようと思ったんだよ」

そう……だったのか。ストーカーみたいだなんて馬鹿にして悪かったな、と、薫子は反省した。

「サエコさんはミーハーなノリで新しいものに飛びつくけど、商品に対してはシビアだよ。いくら元カレ……いや、友だちの店だからって、気に入らなかったら、二度と買わない。そういうとこは、信用できるよ、あの人」

爽太は真剣な表情で、そう言った。

閉店後、窓を拭いていると、背後でオリヴィエがモップをかけている気配を感じた。

「なんかね……」薫子は背を向けたまま、気持ちを吐き出した。「爽太くんがこんなに頑張ってることも、結局サエコさんのためなんだと思うと……悲しくなるよ。全部捧げられてるみたいで……サエコなんて、たいした女じゃないのに」

「僕、この店、すごく気に入ってるんだよね」

オリヴィエも、ひとりごとのように言う。薫子は、え？　と、振り返った。

「ソータがサエコさんを好きになったことで、こんな店が出来たなら、それはすごく、価値のあることだと思う。だから僕はソータの恋を認める。ソータはもっと、サエコさんを好きになればいい」

だから悪いけど、と、オリヴィエはにこやかに薫子を見た。

「薫子さんの恋は応援できないな。面白いから、いじるけどね」

「な、何言ってるのよ。わたしは！　た、確かに爽太くんは好きだけど、リスペクトって感じで、恋愛とかそういうんじゃありませんから！」

ムキになる薫子を見て、オリヴィエは、へー、と、楽しそうにしている。

「なによ！」

薫子の声が、閉店後のフロアに響いた。

ある日の昼下がり、客足が途絶えた時間、まつりは携帯でテレビのワイドショーをつけた。

『今日は、今、女性たちの間で大人気のショコラティエにお邪魔しています』

テレビ番組のリポーターが、重厚感の漂う店内に入っていく。

『実はこのお店、ニューヨークセレブたちを夢中にさせたショコラティエ、リクドーの日本一号店なんです。そしてこちらが、世界中に熱狂的なファンを持つ、オーナーシェフ、六道誠之助《りくどうせいのすけ》さんです』

　画面に大写しになったのは、三十代後半の落ち着きのある男性、六道誠之助だ。

『素敵ですねえ。さすがチョコレートの貴公子……！』

　リポーターに言われ、ありがとうございます、と、大人の男の笑みを返す六道が画面にアップになる。

「王子の次は貴公子？　次から次によく考えるね」

　まつりの言葉に、のぞきこんでいたオリヴィエがうんうん、とうなずいたとき、

「何見てんの？　あ、リクドーか」

　厨房から出てきた爽太ものぞきこんだ。

「気にならないの？」

「まあ、すごい店だとは思うけどね。ほらそんなの見てないで、仕事仕事！」

　爽太が言ったとき、ドアが開いた。いらっしゃいませ……と、薫子が見ると、サエコさんだ。

「こんにちは！」

「いらっしゃ……」

　笑顔で出てきた爽太は、サエコさんの手元を見て、固まった。サエコさんはリクドーの紙袋を提げている。あれ、その袋……と、まつりと薫子が注目すると、

「そうそう。今日オープンだったの。リクドー！　見て、リクドーの限定ボックス！」

サエコさんは海賊の宝箱のような缶の箱を取り出した。豪華なチャームがじゃらじゃらついている。

「どうしても欲しくて朝七時から並んじゃいました！」

暇な主婦だな……。薫子は小声で毒づいた。ていうか、人の店でそんなもの見せるか？　爽太の表情をうかがうと、笑顔が硬直しているが、あたりまえだ。非常識にもほどがある。

「豪華でしょ？　こういうの大好き！」

「たしかに、サエコさんこういうの、好きだよね」

爽太は平静を装って対応している。

「お店の中もすごいの。インテリアとかめちゃくちゃゴージャスで、日常を忘れるって感じだったぁ！　あとね、ショコラティエの六道さんが挨拶に出てきてくれて、これがもう、おっとこまえで！」

「ああ、さっきテレビで……」

「どうも、なんて声もめちゃくちゃセクシーで、写真とかで見るよりすっごい、すっごいかっこよかった！　でもね。ボックスもお店も六道さんも素敵だったけど、やっぱりショコラがね、最高に、サイッコーにおいしかった！　わたし、本物に出会っちゃったかも！」

夕方、爽太は洗面室にこもっていてなかなか出てこなかった。気になってドアの前までいってみると、オエッとえずくような音が聞こえてくる。のぞいてみると、顔面蒼白の爽太がいた。

「ちょっと大丈夫、ちょっと大丈夫⁈」

「大丈夫、ちょっと胃が……」

「風邪？　それなら厨房入っちゃダメよ」

「いや、精神的なものだから……」

爽太の手元には、リクドーのボックスがあった。開けていくつか食べた形跡がある。

「なにこれ……リクドーのボンボンショコラ？」

さっきいなくなったと思ったら……買ってきたのか。

「……どんなものかと思ってさ。本物ってやつが」

「……もしかして気にしてるの？　サエコさんの……あれって、あてつけなんじゃないの？」

薫子は思っていたことを口にした。爽太は、え？　と、なんのことだか意味がわからないようだ。

「ほら、こないだ……」傘を持っていったのが薫子だと気づいたときの、サエコさんの顔……。だけど、爽太に説明したくなくて、なんでもない、と、口をつぐむ。

「薫子さんはさ、嫉妬ってしたことある?」

爽太が尋ねてきた。ものすごく悔しそうな顔をしている。

「まさか本気で嫉妬してるの? ちょっと今さら何言ってんの。これまでだってサエコさんにはごまんと彼氏がいたし、今はダンナさんまでいるのよ? 嫉妬なんかさんざんしてきたでしょ?」

「……チョコレートは別なんだ。チョコレートでは、誰にも負けるわけにはいかないんだよ」

爽太は青い顔をしたまま、ぎりぎりと歯を食いしばっていた。

先に帰宅したオリヴィエがリビングに入っていくと、テレビにリクドーが映っていた。

「またリクドーかあ。すごいよね、この人……」

そんなことを言いながら、なんの気なしに、まつりの顔を見ると……まつりはうつむいて、目に涙をためていた。膝に置かれた手には、スマホが握りしめられている。その手に、ポロリと涙が落ちた。

を感じていた。

「え、ちょ……どうしたの？」

問いかけには答えずに、まつりはリビングを出て行った。オリヴィエは胸が痛むのを感じていた。


爽太は自室にこもっていた。リクドーのボックスを見ながらぼんやりしていると、携帯にメールが着信した。画面を見ると《紗絵子です》と、ある。慌てて受信箱を、開いてみた。

『爽太くんって、お休みの日、遊びに行ったりできる日ってある？』

え……誘ってる？　これって誘ってる？………いやいやいや、そんなわけないでしょ………とはいえ、メール送ってくるってことは少しは俺に興味持ったってこと？　そうか、ついにときが来たのか？　さっそく返さなきゃ！　って待て待て待て！　俺は悪い男になるって決めたじゃないか！　ここで返したらサエコさんの思うツボだよ！　てか、思うツボって何だよ？　サエコさんが仕掛けたって言うのか？　いやむしろ、サエコさんの仕掛けた罠ならかかってもいいか………いやっ！　ダメだ、ダメ！　すぐ返信したら軽くみられる！　じゃあ、いつ？　いつ返信したらいいんだ？

ぐるぐる考えているうちに、夜が明けてしまった。

やっぱ、まず書き出しは、こんばんは……ていうか、もう朝だし！　開店時間だし！　も、もしかして返信のタイミングを完全に逃したのでは？　いーや、悪い男は簡単には返信しないもんだよな？　そうだよ、きっと友だちの引っ越しの手伝いとかかもしれないし……え？　それじゃ、完全に都合のいい後輩じゃん！

「……なにゆらゆらしてんの？」

薫子に声をかけられて、ハッとして振り返った。そう、もう店に出て仕込みをしているというのに、頭の中はサエコさんへの返信をどうするかで頭がいっぱいだった。

「……あのさ、薫子さんは、俺みたいな男ってどう思う？　女の人って、年下の男は、恋愛対象としてはなかなか見れないもんなのかな？」

爽太は寝不足の顔で振り返った。

「あ……ああ、ああ、そういうこと。いや……どうかなあ……」

「やっぱないか。サエコさんからしたら、俺なんかいくつになったってただの後輩だよな。男として見る……」「そんなことないよ！」

予想に反して、薫子が強く反論してくれた。思わず、え？　と、たじろいでしまう。

「爽太くん、才能あってカッコよくて、チョコレート王子とか呼ばれるのだって当然だと思うよ！」

「……え」

「それで天狗になるわけでもなく性格もいいし、アイディアも豊富だし、努力もすごくするし何が悪いの？　わたしだったら絶対……」

そこまで言って、薫子は言葉に詰まった。いつのまにか背後に立っていたオリヴィエも、黙って次の言葉を待っているようだけれど……。爽太はふっと笑みを漏らした。

「ありがと。もっと言ってよ。言われてるとホントにそうなれそうな気がしてくる。俺、単純だからさ」

「……あ、はは、そう？」

「あー、でも、そんなこと親父が聞いたら勘違いしちゃうな。薫子さんに嫁に来て欲しいって、しょっちゅう言ってるから」

「えっ……そんな……」

「でもふたりけっこう似合ってるよ？」

からかうように言うオリヴィエに、バカなこと言わないの！　と、薫子はプリプリと文句を言い、厨房から出て行った。と、ドアが開いてサエコさんが入ってきた。厨房の爽太の方をのぞきこんでいる。

「……なに？」

爽太はクールに出て行った。

「ごめんね、忙しいのに。あのね……急に変なこと聞くけど……」

サエコさんは髪をいじりながらうつむいた。爽太は、うん、と、うなずきながらも、心臓はバクバクだ。

「爽太くん、今、つきあってる人とか……いる?」

「……いないけど」

なんだこれ、どういうことだ? 心の中は動揺しまくっているけれど、冷静にふるまう。

「ホント? よかったぁ」サエコさんは顔をくしゃくしゃにして笑った。「あのね、今度、いつでもいいから、時間作ってもらえないかな?」

これは、もしかして……。爽太は幸せの予感におののいていた。おいおい、いきなり不倫か? まあ、これまで妄想しなかったとは言わない。だけどいきなり現実になるとは……。

サエコさんは頬を紅潮させて笑顔を作りながらも、爽太の表情の変化を上目づかいでしっかりと観察している。そしてサエコさんは言った。

「友だちにね、爽太くんのこと紹介してほしいって、頼まれちゃったの」

え……。爽太は地の底に落とされた。突然空が暗雲で覆われたのかと思うほど、目の前が真っ暗になった。ショーケースに手を添えていてほんとうによかった。そうでなかったら膝から崩れ落ちただろう。

「可愛い子だよ。会ってみない？　どう？」

屈託のない顔で、しっかりと、冷静に、爽太の反応を見極めている。そうか、確信犯か。それが、爽太にもわかった。よし。爽太は、ふう、と、小さく息をついた。

「えっとね、俺……ちゃんとつきあってる人はいないけど、いいなあって思ってる……ていうか、そういう、いい雰囲気になってる相手がいるからさ。だから、そういう意味の紹介だったら、ちょっと……」

爽太をじっと見ていたサエコさんは、一瞬、視線をはずして薫子を見た。薫子がさっと目を逸らすと、サエコさんも目を伏せた。そしてゆっくりと、髪を耳にかける。

「そうだったんだぁ」つぎに爽太を見たサエコさんは、はしゃいだ口調になっていた。

「いい感じになってる人って誰ぇ、あ！　もしかして……」

「サエコさんの知らない人。どうでもいいでしょ、そんなの」

爽太は早口で言い、さらにダメ押しとなるような言葉を口にした。

「あと悪いけど、ほかのお客さんがいるときに、そういう完全プライベートな話、やめてくれるかな。ここ、店だから。これでも一応プロの、真面目な職場だからさ」

ちょっと口調がキツかっただろうか。でも、あたりまえのことだ。

「……そうだよね、……ごめんなさい」サエコさんは明らかに動揺していた。じりじりとドアの方に下がっていき、「……えっと、じゃあ、帰るね。またね」と、逃げるように出て行った。

「お待ちしてます」

爽太もさっと厨房に戻る。

「ちょっと、いいの?」

声をかけてきたオリヴィエに、なにが? と、尋ねる。

「だってサエコさん……てか、いい感じの人って……」

「いるわけないだろ、そんな人。駆け引きだよ。見栄《みえ》、ハッタリ、カッコつけだよ」

「でも、ほら、さっき薫子さんといい雰囲気だったよ?」

「薫子さんといい雰囲気なのは当然だろ。店の大切な仲間なんだから。そういう方向でからかうなよ」

ね? 爽太は心配そうに厨房をのぞきこんでいる薫子を見た。

「え、あ……ま、わたしは、いちいちそんなの、真に受けたりしませんから……気、遣わないで」

薫子はそそくさとフロアに戻っていった。爽太は調理台に向かったが……イライラしていた。自分が勝手に期待して、期待通りじゃないとやり返すなんて子どもっぽかった。だけど……。

「ソータ、最近暗いね？　サエコさんが来なくなっちゃったから？」

開店準備をしていると、オリヴィエが突然そんなことを言った。

「ちょっとやめなよ！」薫子はオリヴィエに注意をし、「大丈夫、あの子ならそのうちケロッとした顔で来るわよ」と、敢《あ》えてさばさばと爽太に言う。

「いや、来る来ない以前に、もっと根本的な問題なんだよ」

爽太は言った。あれから一か月。サエコさんは一度も店に来ない。キツい言い方しすぎたのかもしれない。でも、ちょうどいい突き放し方なんて、わかんないよ。

外に飛びだした爽太は足を止め、橋の欄干《らんかん》にもたれた。

ホントは今すぐサエコさんに気持ちを全部ぶちまけたい。会いたくて仕方ないって伝えたい。でも、それはできない。だって俺は悪い男にならなきゃいけないんだから。

「でもあれはさ、ほら、駆け引きっていうか、女の子紹介するとか言って、爽太くんがどんな反応するか、見たかったんだよ」

「それは好きな人とか、気になってる人にすることでしょ。サエコさんが俺にそんなことする理由がない。普通に眼中ないんだよ。あの人は俺になんか、もともと興味ない。友だち同士くっついたら面白いだろうなーとか思ったんだよ。バカにされてるよ」

「……そう思うなら……そう思ってるなら、爽太くんって何がしたいの？　サエコさんが爽太くんに、まるで興味ないってわかってるなら、その上で爽太くんって何目指してるの？　だいたいあの人もう結婚してるんだし、終了じゃん。なのにサエコサエコって自分で可能性ないってわかってる人を何、追っかけ続けてんのよ？」

薫子が強い口調でまくしたてる。オリヴィエが慌てて、ちょっと……と、止めに入った。

「そんなことくらい俺だってわかってるよ！」爽太もムキになって言い返した。「ほかにいいなって思える人がいればそのほうがいいし。正直サエコさんじゃなくたっていいって思ってる。でも今は、たまたま、そう思えるような人が周りにいないんだよ！　だったらしょうがないだろ！」

爽太はバーン、と乱暴に道具を置いた。

閉店後の厨房で、爽太がひとり残って作業をしていると、オリヴィエが声をかけてきた。

「まだやりたいことあるから、先帰ってて」爽太は言った。「新しい商品、作らなきゃと思ってさ……」

「……どうして？」

「お客さんが少し減ってるんだよ。話題になる新作を出せば、また勢いがつくだろうし。サエコさんもきっと来てくれる。店のためっていうのも嘘じゃない。でもやっぱり……会いたいんだよ」爽太は、正直な気持ちを口にした。「店に来るだけでいい。だったら、サエコさんが買いに来たくなるような、絶対食べたいって思わせるような、そんなショコラを……作るしかないんだよ、俺は」

ひとり小動家に帰ってきたオリヴィエは「ただいま～」と明るくリビングに入っていった。と、あの泣いていた晩と同じように、まつりがソファで膝を抱えている。オリヴィエはハッと足を止めた。

「あ、オリヴィエ、おかえりぃ。アイス食べようと思ってたの、オリヴィエも食べる？」

まつりが明るく振り返り、アイスクリームをとってきてくれた。

「ありがと。まつりちゃん、やさしいね」

単純に、まつりの笑顔が嬉しい。

「え？　また大げさだな」

「ダメダメ、余計に謙遜《けんそん》するの、日本人の悪いとこだよ？」

「だってほんと、わたし、ぜんぜんいい子じゃないから」

「じゃあどんな悪いとこがあるの」

「えっと……内緒でね」まつりは声を潜めた。「友だちの彼氏とつきあってる」

さらりと言われ、アイスをすくう手が止まった。

「ね、いい子じゃないでしょ」

まつりは寂しげに笑った。


翌朝、薫子が出勤してくると、試作品が用意されていた。

「キャラメル系の新しいの作ってみたんだけど……サエコさん、キャラメル系大好きだし」

爽太は、薫子とオリヴィエに食べてほしいと言う。口にしてみたが……微妙だ。

「新作って言えるほどの新しさはないと思う」

薫子がはっきり言うと、爽太は、だよね……と、ため息をついた。

「珍しいね、ソータが新作のアイディア出すのに、ここまで苦労するなんてさ」

オリヴィエが言う。

「頭ん中、パッサパサ……イメージが湧かないんだ」

「サエコさんがいないから？」

「……そうかもね。実際、俺にインスピレーションを与え続けてくれたのはあの人だから」

爽太が正直に答えたとき、

「……ません……すいません」

フロアからかすかな声が聞こえてきた。若い男性が立っている。薫子は慌てて出て行った。

「あ、すみません。営業は十時からなんですけど……」

「リクドーの関谷といいます。六道から小動さんに、こちらをお渡しするように言われて……」

関谷は、センスのいい封筒とチョコレートの包みを差し出すと、そのままくるりと背を向けて帰っていった。


その晩、小動家のリビングで行われていた恒例のミーティングで、爽太はまつりに関谷が持ってきた封筒を見せた。六道の誕生パーティーの招待状だ。

「なんで急に？」

首をかしげるまつりに、

「同業者同士交流を深めて、お互いよい刺激を受けられれば……だって」

オリヴィエが答えた。

「どうしようかな」

爽太は出席するかどうか決めかねていた。

「行ってきなよ、いいことなんじゃない？　頭ん中、パッサパサなんでしょ？　ライバルに会ったらまたなんか、メラメラ燃えてくるかもしれないし」

薫子に言われ、爽太はそうだね、とうなずいた。

「じゃあみんなで行こうよ？　まつりちゃんも行かない？」

オリヴィエはまつりにも声をかけた。

「……あ、わたしこの日は夜、約束が……」

「……え……」

オリヴィエは、まつりの横顔を見ている。そして、そっか……と、どこか悲しげにうなずいた。その様子になんとなく違和感を覚えながらも、爽太の頭の中はサエコさんのことでいっぱいだった。

デパ地下で買い物をしていたサエコは、スマホを気にしていた。バッグの中のスマホのメールを開いてみたけれど……《新着メールはありません》、だ。

「サエコ、チョコレート屋さんだよ、見ていかないの？」

友だちに呼ばれ、スマホをしまい、一応のぞいてみる。でもそれほど興味はわかない。

「そういえばこないだ友だちが、サエコの元カレのチョコレート屋さんに行ったたって。ショコラ・ヴィだっけ。すごくおいしかったって」

「でしょ？　爽太くんのチョコレートは特別なの。どれ食べても絶対おいしいよ！」

自分のことを褒められたようで、嬉しさが隠せない。でも、爽太のことを思い出すと、せつなくなってしまう。しかも元カレ、なんて言われて……。その言葉がサエコの胸に引っかかっていた。

「買っていかないの？」

友人がショーケースを指す。

「え？　あ……今日はいい」

だって……浮気、できないよ……と、サエコはつぶやいた。


洗練された空間に、いかにも高そうなブランドの服を身にまとった、ビジュアル的にハイクラスな人々が集っている。なんとも華やかな空間の中心に、六道がいた。

「六道さん、お誕生日おめでとうございます」「今日はお招きありがとう」

招待客たちに声をかけられ、六道が笑顔を返している中、爽太も花束を手に、近づいていった。

「はじめまして。小動です。今日はお招きありがとうございま……」

「あああ、やっと会えた。この前店に来てくれたんでしょう？　ありがとう、ほんとうれしかった！」

六道が突然相好を崩し、抱きついてくる。爽太は驚き、立ち尽くした。

「フロアの子に、爽太くんが来てたって後から聞いて……その子クビにしてやろうかと思っちゃった。前からわたしが、爽太くんのこと気になってるの知ってたくせに！」

「……それは……光栄です……」

ええと……この人は、いわゆるオネエ……なのか？　爽太が苦笑いを浮かべていると、

「りくちゃーん、誕生日おめでとう！」

妙にスタイルのいい鮮やかなグリーンのミニドレスの女性が近づいてきて六道の首に抱きつき、唇を重ねた。

「ありがと、えれな。えれなは、わたしが唯一キスできる女性よ。美しく、かつ、女臭くないもんね！」

「あはは、褒められてる感じがしないなー」

えれな、と呼ばれた女性はカラカラと笑っている。

「……そういうことか……」

オリヴィエは納得し、

「嫉妬する必要なかったね」

　薫子が爽太にささやく。

「あ、ごめんなさい。はじめまして。加藤えれなです。モデルやってます」

　ニッコリと笑いかけてくるえれなに、爽太も笑顔を返した。

　爽太はなんとなくえれなと盛り上がり、半個室的なスペースで乾杯！　と、グラスを重ねた。

「爽太くんは今日、お店の人と来たの？　彼女とかは？」

「いないいないない」

「やっぱ忙しくて恋愛なんかしてる暇ないかぁ」

「いや……俺、ずっと好きな人がいて……かれこれ……十二年」

「十二年！」

　えれなが驚いているが、

「今言って俺もびっくりした」

　と、爽太は自虐的に笑った。

「わたしもだよ」えれなはぐびっとグラスを傾けて、シャンパンを一気に流し込む。

「わたしも片想い中なんだ。まだ一年ぐらいだけど」

「へえ……でも、えれなさんぐらい……」

「いいよ、えれなで」

「うん、えれな……ぐらいキレイだったら、男なんてみんなソッコーで落ちるんじゃないの?」

「そんなことないよ」

えれなはすくっと立ち上がり、爽太の手を取った。

「じゃあ、どう? わたしと片想いのその人と、どっちのほうがグッとくる?」

爽太はえれなを見上げた。えれなも見つめ返してくる。魅力的だ。だけど……。妖精姿のサエコさんがすーっと現れ、ニコニコ、パタパタとあたりを飛び回る。

「……え、えれなのほうが、ずっとスタイルもいいし、美人だよ? でもほら、好きな人にはふかーい思い入れが……」

「はいはい。わかってます。男ウケしないんだよね、わたし。フェロモン出てないんだよ」

えれなはドスン、と腰を下ろした。

「そんなことないって。男ってキレイすぎる女の子の前だと萎縮《いしゅく》しちゃうから……」

「んなわけないじゃん! 要するにわたしはモテないの! でもいいんだ。わたしの仕事は女の子ウケすることだから。男ウケなんか悪くてもぜんぜんいい」

「へえ。やっぱプロだね。俺も見習わなきゃ……」

「ほら、わたしだと男はすぐ仕事モードになる！」

「あ、ホントだ！」

　爽太はえれなと声を合わせて笑った。

　薫子は盛り上がっている爽太たちを遠くから見つめ、出口に向かった。オリヴィエは顔見知りのモデルと再会してフランス語で話し込んでいるし……やっぱり自分は場違いだったんだな、と、痛感する。

「もうお帰りですか」

　受付をしていた関谷に、声をかけられた。

「ちょっと人に酔っちゃって」

　軽く頭を下げて立ち去ろうとすると、関谷は体をふたつに折り曲げるように頭を下げてきた。

「うちの六道はああいう人なんで、もしお気に障るようなことがあったら、お許しください」

「え、いえいえ、そんなんじゃないです。楽しかったですよ。今日はありがとうございました」

「あの……」声をかけられて、立ち去りかけた薫子は振り返った。「髪……、雰囲気、けっこう変わりますね。なんか、いい感じです」

「……え……」

今日は、いつもひとつにまとめている髪をおろしてきた。気づいてくれたのは、関谷だけだ。

「お気を付けて。今後ともリクドーをよろしくお願いします」

関谷は相変わらず無表情のまま、今度はさっきよりも軽く、ぺこりと頭を下げた。

「リクドーさんとこの従業員はよくしつけられてるな。無愛想に見えてあの気遣い」

外に出た薫子は、風がふわりと舞い上げた髪に触れながら呟いた。

「髪のことなんて、爽太くんひとっことも言ってくれなかったよ……」

「ええええ、じゃあ爽太くんの好きな人って人妻なの?」

爽太たちは帰りのタクシーに乗り込んでからも、お互いの片想いトークで盛り上がっていた。

「でもいいな、電話もメールもできるんでしょ? わたしなんか相手のこと何も知らないし、連絡先も知らない。もう二度と話す機会もないかもしれないんだ」

「バンドでドラム叩いてる人だっけ?」

「うん。ＰＶ《プロモーションビデオ》にわたしが出たとき撮影現場で会って、二言三言喋っただけの人。イケメンでもないし、どっちかっていうとモサッとした人だったんだけど……でも、好きになっちゃったんだよね……」

「……そっか……」

爽太はやさしくえれなを見た。好きな人のことを話すえれなは幸せそうで、すごく可愛い。

「それからずっとずっと好きなんだ。不思議、なんでだろ」

「同じだね。俺も、サエコさんに一目惚れだったよ」

「好きになるのは一瞬だったんだから、一瞬で忘れられたらいいのに」

「そうだね」

どちらからともなく、体を寄せた。シートの上の指がふれあい、爽太はえれなの手を握りしめた。すらりと背の高いえれなだが、手は爽太よりずっと小さくて、すっぽりとおさまっている。

「あったかい」

えれながもたれかかってくる。とてもやわらかくて、あったかくて……爽太はゆっくり目を閉じた。

サエコはリビングのソファでひとり、スマホをチェックしていた。何度見ても《新着メールはありません》だ。目の前のテーブルに置いてあるショコラ・ヴィの箱は、ずいぶん前からカラになっている。

部屋はシンと静まり返っていた。ダイニングテーブルには、すっかり冷えきった吉岡の分の夕食が、ラップをかけてきちんと並べられていた。

「ラクにしててねー」

えれなはコーヒーを出すと、さっさと寝室のほうへ行って、着替え始めた。タクシーでえれなを送り、爽太はひとりで家に帰る予定だった。でも、せっかく友だちになったのだし、お茶でも飲みながらもっと話そうよ、と言われ、断る理由もないのでえれなの部屋にお邪魔していた。

「わたし、ショコラ・ヴィ行ったことあるんだよ？　すごくおいしかった。あとお店のインテリア、めちゃくちゃオシャレだよね。シャンデリアとかあって」

隣の部屋で、えれながバンバン服を脱ぎ捨てているのが、気配でわかる。

「ありがとう。あのシャンデリアは、うちのスタッフのお父さんからの贈り物なんだ。昔、自分のお店で使ってたけどもう使わないからって。びっくりだよね」

「爽太くん」

「うん？」

「する？」

「うん？」

「えっちする？」

顔を上げると、えれなが下着姿で立っていた。思わずゲホゲホとむせてしまう。

「しない？」

「……や……そういうつもりで部屋来たわけじゃないから、だって、友だちだって言ったじゃん」

爽太が言うと、えれなはフフフ、と笑って近づいてきた。

「そうだよ、友だちだよ？　片想いサークルのサークル仲間だよ？」

「そう。そのとおり。俺には好きな人がいて、えれなにも好きな人がいる。だったら、そんな……」

「でも、いつその人に会えるかわからないよ。会えても、好きになってもらえるかわかんない」

たしかに、そうだ。それは十二年間、痛感している。

「一生無理かもしれないよ？　でも忘れることもできないかもしれない。そしたらわたし、ずっとその人を思って、一生誰とも抱き合わないで生きてかなきゃダメなの？

誰とも触れ合わないでずっとひとりで、生きていかなきゃいけないのかな……爽太くんは？　今までどうしてた？　誰ともしてない？」

「え、俺はほら、男ですから……」

「ほらあ。だったらいいじゃん」

「でも、えれなとは友だちだから」

最後の理性を保ちながら、なんとか制する。

「しちゃったらわたしのこと、好きになる？」

「え？」

「心変わりする？」

「……たぶん……しない……ごめん……」

「わたしだってしないよ」えれなは笑って言った。「わたしも好きな人は変わらない。だからいいんじゃない。そこで勘違いが生まれちゃうような相手とはできないよ。さっき、タクシーの中で爽太くんと手繋いでて、幸せだなって思ったの」

「……え？」

「だって爽太くんの気持ち、すごくわかるもん。それに爽太くんもわたしの気持ち、わかってくれてるって思ったの」

爽太も、同じように感じていた。お互いにわかりあえているから、こんなにも心地いいのだ、と。

「片想いって、孤独でしょ」

その言葉に、爽太は、うっ、と、息を呑んだ。

「友だちがいても、仕事がうまくいってても、そのこと思うと、わたしはひとりだな、って感じる」

そうだ。同じだ。爽太もいつもそうだった。

「爽太くんとだったら、そういう気持ちも、共有できる気がしたの。寂しくないなって思ったの。誰にでもこんなこと言わないよ。爽太くんだから言ったんだよ」

「わかってる……でも」爽太は、えれなを見つめ返す。「ここんとこ、ずっとその人に会えてないんだ。そういうタイミングで、なんていうか……そういうのって……神様に試されてる気がする」

爽太の話を聞いていたえれなは一瞬、寂しそうな表情をしたけれど、すぐに笑顔を作った。

「わかった。そうだね。やめよ。変なこと言ってごめんね」

「……いや……」

「もう言わないから。あ、そうだ。こないだベルギーのチョコ、お土産にもらったんだ。爽太くんなら知ってるかな……」

えれなは立ち上がり、チョコと上着を取りに行った。

「サエコさん！　俺、きっれーなモデルの女の子に誘われてもキッパリ断ったよ！　だって俺が好きなのはサエコさんだけだから！」

バレンタインの日は、猛吹雪だった。ほとんど視界がきかない中、爽太はサエコさんと向かい合っていた。

「そーなんだ、へえー。で？　それって誰かが褒めてくれるの？」

サエコさんは、見たこともないような冷淡な表情を浮かべている。

「え、もしかして、わたしに褒めてもらおうとか思ってたの？」

……しまった。心の中で、呟く。

「あれ？　わたしと爽太くんって、なんかそういう関係あったかなあ？　ぜんぜん心当たりないんだけどなあ」

失敗だ……。爽太は激しく後悔していた。

「つっまんない男。重い。キモチ悪い。爽太くんって、ぜんっぜん変わってないんだね」

サエコさんは、言い捨てて、去っていった。ふと近くのベンチを見ると、あの日の手作りチョコレートの箱が、置き去りにされていた。

「あああああああああああああ！」

爽太は絶叫と共に、崩れ落ちた。

ハッと目を覚ました爽太は、あたりを見回した。華奢な背中が目に入った。そうだ。えれなの部屋だ。少し眠ってしまったみたいだ。えれなは、ヘッドフォンをして、テレビを見ていた。

悪い男になるって決心しただろ？　追っかけてばっかの男じゃなくて、追わせる男にならなきゃって。

爽太は悪夢を頭の中で打ち消しながら、思った。

もし、サエコさんがふらっと店に現れて、なんの変化も成長もしていない俺を見たら……。

「爽太くんって、ぜんっぜん変わってないんだね」

と、鼻で笑われるかもしれない。俺は心底ガッカリされて、今度こそ本当に終わりになるんじゃないのか？　だったらそのとき彼女がちょっと焦るぐらい、爽太は変わってなきゃいけないんじゃないのか……？　俺はもっと、悪い男にならなきゃいけないんだよ。

爽太は勢いよく体を起こした。

「あ……」

爽太が起きたことに気づいたえれながヘッドフォンをはずしながら振り返る。

「……何見てたの？」

「『セレステ∞ジェシー』だよ。主人公の女の子がね、サバサバしてていいの。ああいうふうになりたい」

「そういうこと言ってるから男ウケしないんじゃないの？」

爽太はわざと悪い男風に言ってみた。えれなが、え？　と、目を丸くしている。

「うそ」一瞬笑顔を作り、またすぐに真顔に戻ってえれなをじっと見つめる。「する？」

爽太からの誘いに、えれなは驚いて言葉を失っている。

「しよっか、えれな」

余裕の笑みを浮かべて近づいていくと、えれなが頬を赤らめる。

「え、なんで。気が変わったの？」

「うん、まあ」

「なんで？　しばらく見てたら、わたしのこと、ちょっとはいい女に思えてきた？」

「いや？　えれなは、最初からいい女だなって思ってたよ」

爽太が言うと、えれなはむきだしの腕を爽太の首に回し、妖艶に微笑む。

「惚れたらダメだよ？」

「そっちもね」

どちらからともなく唇を寄せ、右に、左にと、何度も角度を変えてくちづける。えれなが肩にかけていた上着がぱさりと床に落ちたのを合図に、ソファに押し倒してキスを続ける。

「神様のテストはいいの？」

「ああ、あれは……もう大丈夫。どっちが正解かわかったから」

爽太は起き上がり、シャツを脱いだ。そしてえれなに覆いかぶさっていった。サエコさんの笑顔がショートフィルムのように頭の中に浮かんでくる。それがよけいに爽太をかきたて……激しくもつれあった。


目を覚ますと、腕の中にえれながいた。やわらかい髪が、鼻をくすぐる。もう一方の手を伸ばして携帯を手に取ると、メールが着信していた。

起きたら久しぶりにサエコさんからメールが来てた。このタイミングで来るから、なんか一瞬、俺のしたことを責められたような気がしてドキっとしたけど……。

《元気？　最近寒いね！　昨日友だちの友だちが爽太くんのチョコレート絶賛してたって聞いたよ。爽太くんがほめられるとわたしまで嬉しくなっちゃうな》

絵文字満載の文面が、目に飛び込んでくる。

「なに？　メール？　あ、もしかして例のサエコさん？」

「……うん……なんかさ、女の子ってなんでこう返事のしにくいメールしてくんだろ」

爽太はふっと苦笑いを浮かべた。


さっきの質問だけどさあ、とえれなが振り返った。ふたりはバスタブの中にいた。爽太はえれなを後ろから抱きかかえるようにして入っている。

「それはさぁ、くだらないことでも爽太くんと喋りたいってことだよ」

「ナイな。彼女が俺と喋りたがってるとかありえない」

「えええ、なんかネガティブぅ」

「えれなの爪、えっらいキラキラしてるね」爽太は触れていたえれなの爪に視線を落とした。黒いネイルで、先端にゴールドのキラキラがついている。「アラザンみたいなの、まぶしてあるし」

アラザンとは、製菓用の金属色の粒だ。ブリオンだよ、と、えれなは言った。ネイルアート用の金属色の粒らしい。

「でも男の人って派手なネイルとかあんま好きじゃないでしょ」

「まあたしかに、そうかもね」

サエコさんは常に白やピンクが基調の清楚なデザインの爪をしている。

「でもいいんだ。自分が好きでしてるし。女の子はこういうの好きだから。これも、わたしの仕事」

「そっか。じゃあこれが、えれなの仕事の手だ」

爽太はえれなの手を握った。心からえれながいとおしかった。


「おはよう」

出勤すると、既に薫子が来ていた。

「おはよう」振り返った薫子は「……そのカッコ……もしかして、昨日、泊まったの？」と、鋭い。

「え、ああ、まあ……はい。ていうか薫子さん昨日いつ帰った……」

「昨日の子と泊まったの？」

「昨日のあの流れからぜんぜん別の子と泊まったら、そっちのほうが問題でしょ」

「何それ、信じらんない！」

薫子はプイ、と背を向けた。

「……俺だって大人なんだから、そんな顔しないでよ」

と、そこにやってきたオリヴィエは、気配を察したのか、微妙な表情を浮かべて爽太たちを見ている。

「ソータ、昨日の子と泊まったの？」

更衣室でコックコートに着替えていると、オリヴィエが入ってきた。

「……一応言っとくけどね。えれなは……彼女は、友だちだから」

「セフレだ？」

「おまえさあ……」

まったく、よくそんな言葉を知っているものだ。

「でもね、薫子さんにはそういうこと言っちゃダメだよ。何もなかったってフォローしてよ。嘘でも」

「なんで？　なんで薫子さんに嘘つかなきゃいけないんだよ」

「だってほら、女の人って男のそういうとこ、ヤな感じって思うじゃない？　職場の空気乱すの、よくないからさ。やさしい嘘もつけなきゃダメだと思うよ？」

そうなのかな。爽太は唇をとがらせた。

フロアに出て行くと、薫子がショーケースにチョコレートを並べていた。その後ろ姿は完全に爽太を拒絶している。たしかに、こんな雰囲気を店に持ち込んではいけない。

「薫子さん、空いてるバット、こっちもらえる？」

声をかけると、薫子はビクン、としたが、はい、と、手渡してくれた。

「ありがと」

爽太はぎこちない笑顔を作った。薫子は無言で背中を向けたが、爽太はめげずに話しかけた。

「あの……さ。あの子のうち、泊まることは泊まったけど、お茶飲んで喋ってただけだよ？　俺すぐ寝ちゃったし、あっちもＤＶＤ見てたみたいだし」

「……ふーん……まあ……別に、どうでもいいんだけど」

薫子はちらりと爽太を見て、フロアのほうに行ってしまった。

ボンボンショコラができあがった。あとは装飾を施すだけ、というところに、オリヴィエが来た。

「どうだった？　薫子さん、信じてくれた？」

「半々ってとこかな」

「でも言わないよりマシだよ」

やれやれ、と、ため息をついてから、それよりこれ食べてみて、と、手元のボンボンショコラを指す。

「え、できたの？　新作……」

「キャラメルの欠片を入れて、今までにない、食感を楽しむ感じにしたんだ。それで見た目はこう、小さい、アラザンで飾ってみようかと思って」

爽太は医療用ピンセットでアラザンを一粒ずつ、丁寧につけはじめた。つるりと色気のなかったチョコレートが、爽太の手によって華やかに飾られていく。

「たしかに……今までにない感じだね」

「うん。えれなの……昨日の子のネイル見て思いついたんだ」

ほかの女の子にインスパイアされて作ったショコラを、サエコさんに食べさせる。爽太はその瞬間を想像した。そして心の中のサエコさんに呼びかけた。

サエコさん、俺は悪い男に、なれてるのかな。

《ボンボンショコラの新作ができました。お近くにお越しの際は、ぜひお立ち寄りください》

爽太はサエコさんにメールを打ち、送信ボタンを押した。ほんとうなら、こんなふうに気持ちを伝えたかったのだが、悪い男なので、事務的な文面にとどめた。そう、正直な気持ちは……。

サエコさん、顔が見たいよ。俺のこと好きじゃなくてもいい。ただ、会いたくてたまらない。でも俺はショコラであなたを呼び寄せるしかないんだ。だって俺は、ショコラティエだから。

第3話

サエコさんが店に来なくなって、ひと月半——。

ずっと会わずにいると心の中が曖昧になってくる。彼女の顔を思い浮かべても、こんな顔だったっけ？　と、自信なくなったり、俺なんで好きだったんだろう……なんて思ったり……。でも、このまま二度と会えないかもしれない、なんて思うとたまらない。やっぱり……会いたいよ……。

仕事に集中しなくては。そう思うのに、気がつくとサエコさんのことを考えている。

そこに、ドアが開いた。

「爽太くん！」

「あれ？　えれな」

フロアに出て行くと、短パンから長い脚をのぞかせたえれなが、たっだいまぁ！

と、飛びついてくる。

「え、ハワイロケ、もう終わったの？」

「うん、さっき成田に着いてすぐ来ちゃった」たしかに、えれなの横には大きなスーツケースがある。「爽太くんの顔見たくて。ねえ、ハグして、ハグ！　彼氏みたいにおかえりぃってして！」

「おかえり！」

開店したばかりでほかに客はいない。爽太はえれなをぎゅっと抱きしめた。

「焼けてないねえ？」

体を離してから、えれなの全身を見て言うと、

「そんなことないよ！　もう油断しちゃって、背中なんか真っ赤だよ。見て見て」

えれなは服の肩口を引っ張った。どれどれ、とのぞきこんでみると、たしかに赤くなっている。

ホントだ！　ねー？　うん！　なんていうやりとりをえれなとしていると……。

「……ヤッてるよね？　とっくに抱いてるでしょ？」

と、薫子が冷たい目で爽太とえれなを見ていた、と後でオリヴィエに聞いたが、そのときの爽太には聞こえていなかった。

「ねえ今日夜、ゴハン行かない？　お土産あるし、写真、見せてあげる」

えれなが尋ねてくる。

「いいよ、じゃあ終わったら、こっちから電話……」

と、そのとき、えれなの背後に誰かがいることに気づいた。サエコさんだ。爽太とえれなを強い目で見つめている。ゲゲッ。なんで今なんだ……。硬直する爽太の異変に気づいたのか、えれなが振り返った。

「……あ、もしかして彼女？　まずかったね、ごめん……！」

えれなは爽太から離れようとする。

「いや……」

まずくない。むしろチャンスだ。今こそ悪い男にならなきゃ。心の中の声に従い、爽太はえれなをぐっと引き寄せた。そして耳元で「あとで話すから」と、囁《ささや》く。

「じゃあまた夜にね。仕事がんばってね！」

えれなはチラリとサエコさんに流し目を送り、いかにもモデルっぽく歩きながら、スーツケースを引いて帰っていった。スーツケースの音が聞こえなくなると、店内に静寂が訪れた。同時に、爽太の心臓もバクバクしてきた。この音、聞かれちゃダメだ。クールにふるまえ。いつもサエコさんが俺にするように、相手にしてるようなしてないような、微妙な態度で気を引くんだ！　ぐるぐると考えていると、「えっと……」と、サエコさんが口を開いた。いかん。主導権をとらなくては。爽太は慌てていらっしゃい、と笑顔を作る。

「サエコさん、久しぶりだね。元気だった？」

「………え、うん、元気だったよ。爽太くんのメール見て、新作って書いてあったから、いてもたってもいられなくなって」

「嬉しいよ」

「……さっきの子……すっごいスタイルよくて、美人だね。もしかしてモデルさん？　彼女が前言ってた、いい感じになってるって人？……」

キタッ。こういうとき、こういうとき、悪い男的にはどう答えるのが正解なんだ？

「いやぁ……いい感じっていうか、あの子は……」

アレだ。有名人とかが、もう明らかにそうなのに、そうとは言えないから使うあの言葉……。

「ただのトモダチだよ」

記者会見で、芸能人がリポーターの質問をかわすセリフをイメージして答える。

「えええ、友だちぃ？　友だちはあんなベタベタしないよー、ウッソだあ」

「彼女、お父さんだかおじいさんだかが、ポルトガル人だから、誰にでもあんな感じなんだよ。六道さんとも普通にキスしてたしね」

サラッとかわす俺、グッジョブじゃね？

「六道さんって、あの六道さん？　なんか、すごいね。爽太くん、有名人とも普通におつきあいあるんだ。あ、同業者だからあたりまえか……」

サエコさん、戸惑ってる？　動揺してる？　もしかして、もしかして……完全に主導権、俺？

「新作、試してみてよ。サエコさんに食べてもらいたかったんだ」

爽太は、ショウケースのアラザンののったキャラメルのボンボンショコラを指した。

「へえ。なんか今までの爽太くんのチョコと、少し雰囲気違う……」

「そう？」

えれなのネイルに触発されてさ、とは、さすがに言わないでおく。

「ホントはね」サエコさんは顔を赤らめた。「新作がなくても、来たかったんだ。もっと早く……でも……」

唇を噛みしめ、上目づかいで見つめてくるサエコさんに、うっ、となる。……なんだ、その目は！　天然？　天然で誘ってんの？　それとも……いや待て。冷静になれ、俺！

「あ、あのときはごめんね。友だちのこと断った上に、なんかキツイ言い方しちゃって。俺、別に怒ってないからさ」

「よかった」

よしよし。今までの俺とは違うぞ。この冷却期間は確実に俺を成長させたんだ！

心の中で、ガッツポーズをしていると、サエコさんはフフ、と笑みを漏らした。

「でもあれはいいんだ。断ってもらってよかったかも。友だちに頼まれたから一応伝えただけで、わたしもほんとは、あんまり気がすすまなかったんだよね。だって」そこでサエコさんは、ふっと視線をはずした。「なんか微妙でしょ？　元カレを友だちに紹介するなんて……」

え、元カレ？　爽太は明らかに動揺していた。それって俺のこと？　俺が……モトカレ？　え、なにその二階級特進！　あの二か月弱のフタマタ期間をつきあってたって認めてくれるの？　え、いつのまに昇格？　頭の中でファンファーレが鳴り響き、紙ふぶきが舞っている。

「シェフ、お電話でーす」

薫子に呼ばれたが、もう『業界人の余裕のある男風』、を装っていたことはすっ飛んでいた。

「ちょ、ちょっと待っててね、すぐ戻るから。他の商品もゆっくり見てて！　ごめんね！　すぐ戻る！」

あーあ。爽太くん、オタオタしちゃって。薫子はため息をついた。自分の方が優位に立ったつもりが、結局はサエコさんのてのひらの上で踊らされてるだけじゃない。

サエコさんは、と見ると、厨房に消えていく爽太を微笑みながら見送って、一瞬、悪い顔で笑った。でも……。サエコさんは緩《ゆる》む頬をおさえられないように、ぱあっと花が咲くように微笑んだ。以前から表情豊かな人だとは思っていたけれど、笑顔にもあんなにバリエーションがあるんだ。それにしても最後の笑顔の意味は？　薫子は首をかしげた。


その晩、爽太はえれなとレストランで向かい合っていた。

「ねえ彼女、大丈夫だった？　誤解したんじゃない？」

「大丈夫大丈夫。……なんせ元カレだからさ」

あのひとことで、爽太は今日一日、床から数センチ浮いているような気持ちだった。

「え？　なに？」

「あ、いや問題なかったよ。ニコニコして帰ったし」

「そっか。可愛い人だね。爽太くんがハマる感じわかるわぁ。よかったね、彼女、また店に来てくれて。会えてさえいれば、なんだかんだ幸せだもんね。この先も繋がっていられるってことだし」

よかった！　と、えれなは自分のことのように喜んでくれている。

「……えれなは？　その後どう？　倉科《くらしな》さん……だっけ？　えれなの会いたい人」

「わたしはぜんぜん、何も進んでないよ。でも、わかったことはあったかな」

「何？」

「ずーっと好きな人に会えなかったりすると、自分の気持ちに自信持てなくなったりするじゃない？」

ああ。爽太は深くうなずいた。会えない間に爽太も心の中が曖昧になったからよくわかる。

「わたしの倉科さんを好きな気持ちって、ただの憧れで、ファンの人たちと変わらないのかもなあって。それで確かめようって、ブログ見たの。倉科さんの……。バカだよねぇ。見たら余計、遠くに感じちゃって……別の人みたいに感じた」

爽太は、なんと言ってあげたらよいかわからなかった。テーブルに気まずい沈黙が走る。

「大丈夫大丈夫。それで逆にわかったんだもん」えれなは重い沈黙を吹き飛ばすように明るく言う。「わたしが好きになったのは、わたしが会った普通の倉科さんだって」

爽太も安心して、うん、と、笑顔を返す。

「でもヘンだよね？　ちょっと話しただけの人、こんな好きになるなんて。やっぱわたし、ちょっとおかしいかな？」

「俺もよく言われるよ。『おかしい』って。自分でも思うよ。こんなのおかしい」

「うん。でも、好きになるのって理屈じゃないんだよね」

目の前で寂しげに笑うえれなに幸せになって欲しい。爽太は心から思っていた。


帰宅したオリヴィエがドアを開けると、出かける格好をしたまつりがいた。

「あれ、出かけるの？　こんな時間に？」

「……うん、ちょっと……」

「ああ、例の彼氏に会いに行くの？」オリヴィエは敢えて明るく尋ねた。

「彼女帰ったから、これから来なよだって。びっくりするでしょ、最低だよね」まつりは自虐的に笑った。

「会いたいとか、ずっとまつりのこと考えてる、とか、そんなことばっか言うんだよ、ひどくない？」

オリヴィエは黙っていた。まつりは気まずさをふりはらうためか、喋り続ける。

「……でも……わたしも会いたい……。ずっとずっとあの人のこと考えちゃうんだ。ヒドイよ、わたし。友だちの彼氏ってわかってて最低だよ。いつか絶対にやめる。本当だよ。でも今はまだ無理なの……！」

一気にまくしたてて出て行こうとするまつりの背中に、

「まつりちゃんは、かわいそうだね」

オリヴィエはつぶやいた。まつりが足を止め、え？　と振り返る。

「そこまで好きな人に会いに行くんでしょ？　なのにそんな顔するなんてさ。まつりちゃんは……かわいそうだよ」

まつりは、唇をぎゅっと噛みしめ、オリヴィエを軽くにらんでから、出て行った。


翌朝の開店前、爽太はオリヴィエの前にずらりと商品を並べた。

「これ、ちょっと食べてみてよ。そろそろ全体的に商品を見直そうと思ってさ……」

けれど、オリヴィエはボーっとしている。どした？　と声をかけると、ようやく我に返った。

「え、あ、ごめん。今、僕、味とかちゃんとわからないかも」

「え？　どっか調子悪い？」

「そうじゃないんだけど……あのさ、ソータ……僕は恋をしたよ」

「誰だよ。なに、いつのまにそんなことになったんだよ。言えないような相手？　ていうか、その感じだとうまくいってないわけ？」

美形の御曹司なのに？　信じられない思いで尋ねると、オリヴィエはふっと笑った。

「片想いって苦しいね。爽太ならわかるでしょ」

「……そりゃ……わかるけどさ……」

爽太はポンポンとオリヴィエの背中を叩いた。そして、思った。まさかオリヴィエまで……。なんでよりによって、みんな片想いなんだよ。いいオトナがジタバタして、ホント、バカみたいだ。みんなさっさと、やめちゃえばいいのにな。片想いなんか、俺だけで十分だよ……。

午後、薫子が店の前の落ち葉を掃除していると、来店していたサエコさんが携帯で話しながら出てきた。

「ええー？　合コンで使えるテクぅ？　そんなの、わたしぜんぜん持ってないよぉ。えええ。アドバイスって言ったって……うーん……ヒール低めの靴履いていくとか？　男の人って結構身長差気にしてたりするからねー。うーん……あとは……今の時季寒いから、ちょっと薄着で行ったら？」

は？　寒かったら厚着でしょ？　バカなの？　聞き耳を立てていた薫子は、心の中で呟いた。

「うん、そうするとね、夜、お店出たとき、『さむーい、ぷるぷるー』ってしてると男の人、上着貸してくれたりするよ？　それキッカケにしたりしてぇ……」

はうっ？？？　思わず声を出しそうになった。何それ何それ……考えたこともなかった……。これが、これが二十代半ばで結婚した女と、三十過ぎて結婚のケの字もない女の差なの？

胸に重い重い敗北感を抱え、薫子は店内に戻った。

「どした？」

爽太は、がっくりと肩を落として店に戻ってきた薫子に声をかけた。幽霊のような顔をして、別に……と答えると、奥に行ってしまう。と、そこにサエコさんも戻ってきた。

「ごめんね、せっかくのアミティエちゃん、食べかけのまま置いてったりして……」

アミティエちゃんって……！　マジ可愛い、マジ天使！　爽太の胸がキュンキュン音を立てる。

「いいんだよ。あ、これ」爽太は紙袋をさしだした。「いつもたくさん買ってくれてありがとう」

「ううん。爽太くんのチョコ、おいしくてすぐ食べちゃうから。こないだカラッポの箱見て思ったんだ。無くならないチョコがあったらいいのになって」

「……あー、でもそんなん作っちゃったら商売にならなくなるよね」

「アハハ、そうだね」

ふたりは笑いあった。

「ちゃんと作れるものならリクエスト聞くよ？」

「ホント？　そうだなあ。じゃあねえ……ショコラ・ヴィにまだないもの……まだないもの……あ、わたし、パン・オ・ショコラ大好きなの。爽太くんがパン・オ・ショコラ焼いてくれたら絶対おいしいと思う！」

「そりゃ絶対おいしいの作るよ！」サエコさんが期待してくれたことは素直に嬉しい。

「でもパンか……いや焼けるけど。パンはパンで奥が深いし。ほかに負けないもの作ろうと思ったらちゃんと研究して、時間も手間もかけないと……」

「そっか。そうだよね、難しいよね」

サエコさんは残念そうな表情を浮かべた。

厨房に戻った爽太は、製菓学校時代の教材や、昔勉強したパン作りの本を出して見始めた。

「ちょっと、なに？　まさか作ろうとか思ってないわよね。パン・オ・ショコラ」

さっそく薫子に見つかり、咎《とが》められる。

「いや……いいキッカケだから勉強して……」

「勉強して研究して毎日パン焼くの？　誰が？　そんな余裕ある？　今普通にいっぱいいっぱいだよね？　人手もないし時間もないよね？」

「うん……だから……無理だってわかってるよ。でも……なんか悔しいよね。できないって言うの……」

　サエコさんが大好きだと言っていたパン・オ・ショコラなのに……。爽太は考えこんだ。


　夕方、オリヴィエがバックヤードで調理器具の確認をしていると、大学帰りのまつりが現れた。オリヴィエと鉢合わせになってしまい、気まずそうに視線を泳がせる。

「おかえり！　授業終わったの？」

　オリヴィエは普段と同じ調子で声をかけた。

「え、うん。夜またちょっと出るから、それまで手伝おうかなって……」

「助かるよ。今日お客さん多くてさぁ」

「あーでも、おなかすいたぁ。お兄ちゃん、試作品とか作ってないかなぁ？」

　厨房の方へ行こうとするまつりの背中に、

「彼とはうまくいってるの？　夜、会うんでしょ？」

　オリヴィエは声をかけた。まつりはビクリとして振り返る。

「……うん、そう……。彼ね……彼女と別れるって言ってくれてるの」

「そっか。よかったね」

「よかった……のかな……」

「まつりちゃんが本命ってことでしょ？」

「でもわたしのせいで友だちがフラれるってわかってて、心の底から嬉しいかっていうと、ちょっと……」と言って、まつりはふっと笑った。「何、偽善者ぶってんのって感じだよね。やめないわたしが悪いのに……」

「なんで？　みんな欲しいものは取り合うよ？　それに、彼が、まつりちゃんを選ぶって言うんだから、素直に喜んでいいんじゃない？」

オリヴィエの言葉に、まつりはホッとしたようにうなずいた。

「でも気をつけてね」オリヴィエは平坦な口調で言う。「男って、そういう約束、あんまり守らないから」


オリヴィエと厨房で黙々と作業をしていた爽太は、ふと顔を上げた。

「オリヴィエ、あのさ……オリヴィエの相手って……」

「え？」

「いや……なんか展開あったかな、とか思って」

「ああ……うーん、今は、様子見」

オリヴィエは顔を上げ、目を細めてフロアの方を見る。

「様子見？　おまえにしちゃ消極的だね」

「つきあってる人がいるんだよ、その子。でも相手は絶対、ろくでもない男なんだ。じきに彼女、大ケガするよ」

「大ケガするってわかってて、様子見？」

「いっぺん痛い目みないと、その男がどういう男か身に染みてわからないだろうし。それに手を差しのべるなら、転んで自分じゃ立ち上がれないぐらいのときのほうが、こっちの手を取ってもらえるでしょ？」

　オリヴィエはそう言うと、作業の手を止めて冷蔵庫をのぞきにいった。オリヴィエ、意外に真っ黒だな……。爽太は思った。俺も、少しは見習わなきゃな……。

「だから、エリちゃんが誘ってくれたの。久しぶりに女三人で旅行しようって……」

　エプロン姿のサエコは、夕方、一度帰ってきて再び出て行こうとしている吉岡を追いかけて、玄関に通じる廊下を歩いていた。旅行させてほしいとお願いしているのだが、吉岡はスマホを確認したり腕時計をつけたりしながら、外泊はダメだと取り合わない。

「なんで？　ごはんとかは作り置きしておくし……」

「そういう問題じゃないよ。結婚してる女が外泊とかありえないでしょ、常識的に」

「じゃあ結婚してる男の人が毎晩午前様でろくに家にいないのは常識的なの？　今日

だって珍しく早く帰ってきて一緒にゴハン食べれると思ったのに！」

はりきって作っておいたふたりぶんの夕食には、手がつけられていない。

「しょうがないだろ、編集長に呼び出されたんだから」

「ならわたしだって好きにさせてよ。どうせ夜家にいたって、ひとりで置いとかれるだけなら、どこにいたっていいじゃん！」

「俺のは仕事、おまえのは遊びだろ？　昼間は好きにさせてやってんだから、文句言うなよ。旅行なんかそのうち俺が連れていってやるから。なんでこう時間ないときケンカふっかけてくるかなあ。じゃあな」

吉岡はさっさと立ち上がり、出かけていった。

夜、オリヴィエがひとりでテレビを見ていると、まつりが帰ってきた。

「ただいまあ。みんなはあ？　ああ、もう寝てるかぁ」

フラフラと覚束ない足取りで入ってくる。

「ソータはまだ店に残ってるよ……酔っ払ってるの？」

「ええー？　うん、まあねぇ。あああ、疲れた」

まつりはソファのクッションの上に勢いよく倒れた。オリヴィエはテレビ画面に向き直る。

「ケンカしたんだぁ。だから帰ってきちゃった。オリヴィエの言ったとおりだよ、彼女と別れる気なんかないんだぁ。だったらもう、こっちから別れる……とか言ってできないんだよね……もうダメだあ。わたし、どんどんダメな女の子になってく……」

ぺらぺらと喋っていたまつりだが、しばらくすると静かになった。

「……まつりちゃん？」

振り返ると、まつりはウトウトしていた。無防備なまつりの太ももに、つい目が行ってしまう。

「えっと……僕は、もう寝るよ」

いかんいかん。太ももから目を逸らし、立ち上がった。でもまつりの反応はない。

「……まつりちゃん、そんなとこで寝ると風邪ひくよ。ちゃんと部屋行ったほうがいいよ」

すると、まつりの目尻から涙がぽろりと流れ落ちた。

「……まつりちゃん」

声をかけると、まつりは、うん……と、寝返りを打った。でも起きる様子はない。しょうがないな……。近くにあったまつりのストールを広げ、かけてやった。と、指先がまつりの頬に触れた。つるんとした、きめの細かい肌。さっきこの頬を、涙が流れた。オリヴィエは乱れて顔にかかっていた髪をかき分けてやった。そして……まつりの額にキスをした。気配に気づいたまつりが、目を開ける。

「……オリヴィ……」

オリヴィエはまつりの唇を、唇でふさいだ。


爽太がリビングに入っていくと、まつりが思いきり肩にぶつかってきた。そしてそのまま階段を駆け上がっていった。

「んだよ、まつり……」と階段を見上げながら、リビングにいたオリヴィエにただいま、と声をかけた。オリヴィエは床に手をついて、固まっていた。傍らにまつりのストールが落ちている。

「……何やってんの？　あー、もしかしてまつりとケンカした？　気にすんなよ」

「……サイテーだ……様子見、とか言ってたくせに。ごめん、ソータ」

「……なに？」

「僕、まつりちゃんに手を出した」

「はい？」

思わず、間抜けな声を上げてしまう。

「まつりちゃんにキスした」

意味がわからず、爽太は目をぱちくりさせた。

「一瞬、煩悩《ぼんのう》に負けた。ごめんソータ、僕はサイテーだよ」

「えーと……あ！　あれか、好きな相手とうまく行かなくて、せつなさのあまりムラムラして、つい目の前の誰かに……って、それがたまたま、まつりだっ……」

「違うよ！　うまく行かなくてせつないし、ムラムラもしたけど、そうじゃない！　僕が好きなのは彼女だよ。まつりちゃんだよ！」

　オリヴィエの言うことが爽太の脳みそに浸透《しんとう》するまで時間がかかり……、

「……はあああああっ？」

　夜更けのリビングで、声を上げてしまった。


「なんでだよ！　わけわかんねえ！」

　爽太はえれなの部屋で、頭を搔《か》きむしりながらウロウロ歩き回っていた。

「なんでオリヴィエがまつりなんかに！　よく考えたらあいつ、世界のトレルイエの御曹司《おんぞうし》だぞ？　その相手が俺の妹って、ショボすぎんだろ!!」

「うっさいなあ、いきなり人の家きておんなじこと何回も！　いいじゃん、好きになっちゃったんだから！　もう寝るよ！」

　えれなはひとりでベッドに入っている。

「まあ……それはそうだけど……はあ……」

爽太もベッドにバッタリと倒れ込んだ。

「おっかし。人のことなのに」

「人の恋愛は面白いんだよ。好き勝手にああだこうだ言える。自分のこと考えると、しんどいからさ……」

「……そうだね」

「だから俺ときどき、すっごい都合のいい夢想したりするんだよ」

「ムソウ?」

「まあ……妄想……?」

えれながくすっと笑う。

「サエコさんも実は俺のことが好きで、サエコさんは毎晩、ダンナに抱かれながら俺のことを思い浮かべているんだ……とか……」自分で言って恥ずかしくなり、話を止めた。「バカだよ、わかってるよ」

「え、妄想ならもっと都合良くしちゃえばいいじゃん」

えれながいたずらっぽく笑う。

「もっと、って?」

「サエコさんは爽太くんのことを思うあまり、だんなさんとの夫婦生活なんか拒否してるんだよ」えれなは楽しそうに続けた。「そして爽太くんのチョコレートをひとつひとつ口にしながら、爽太くんと体を重ねる夢を見るんだよ」

　チョコレートを口に含み、目を閉じるサエコさんを想像してしまう。

「えっろ、えれな、えっろ！」

　爽太はがばっと起き上がった。

「妄想ならそれくらい甘美なこと考えちゃいなよ」

「甘美って……いやあ、その妄想はさすがに許されないだろ」

「頭ん中なら何考えてもいいの！　自由なの！」

「じゃあえれなは？　えれなはどんなの考えるの」

「わたしはねえ、街で信号待ちとかしてるときにね、倉科さんを偶然見かけるの。それで向こうも、わたしのこと気づいてくれるの。ああ、以前お会いしましたね、とか言って」

　いいねえ、と、爽太は笑顔でうなずく。

「それでなんかうまいことゴハンとか行っちゃって、うまいことホテルとか行っちゃって！」

「はや！」

「だって二度と会えないかもしれないいんだよ？　とっとと行けるとこまで行かなきゃ。で、わたしは妊娠して」

「は?」

「大好きな人の子どもをひとりで育てて、幸せに暮らすの。めでたしめでたし!」

「ひとりでって……めでたくないよ。自己完結しすぎだよ」

爽太とサエコさんの妄想に比べて、ずいぶん急展開だし、雑な妄想だ。

「だって、これ以上いい夢なんか想像できないもん。相手が、遠すぎて」えれなは、もふっと枕に顔をうずめた。「爽太くん、がんばってね。わたしよりよっぽど、可能性あるんだから」

たしかに……えれなに比べたら爽太の方が会えるし、近くにいるけれど……。爽太はえれなの頭をやさしく抱いた。

近くにいても夢は夢だよ。爽太だって、サエコさんのただのファンみたいなものだ。

爽太は、こちらを向かないえれなの頭に唇を寄せた。窓のほうへ目を移すと、雨が降り始めていた。


翌日も、雨だった。店の前に真っ赤な傘をさしたサエコさんが佇んでいる。爽太は声をかけた。

「サエコさん、サエコさんはうちの店には入れないよ」

「……どうして?」

「パン・オ・ショコラがまだできてないんだ。サエコさんに自信持って出せるものがまだ焼けなくて……もしかしたら何年もかかるかもしれない……だからとうぶん、サエコさんとは会えないよ。ごめんね」

サエコさんの目を見ないまま、うなだれて店内に戻ろうとすると……、

「そんなこと、どうでもいいよ！」

サエコさんは手にしていた傘を放り出して、爽太の腕の中に飛び込んできた。

「わたし、本当はチョコレートなんかもうどうでもいいの。爽太くんに会いたくてここに来たの！」

サエコさんは爽太にしがみついて泣いている。結婚指輪をはめた手で、爽太の背中に爪を立て……。

「うそぉ、行く！　行く行く行く！」

えれなのはしゃいだ声が響き渡る中、爽太はハッと目を覚ました。夢、か。またこんな都合のいい夢見て……バカだな。えれなのこと言えないよ……と、えれなのほうを見ると、誰かと電話しながら、ぴょんぴょん飛び跳ねていた。

早朝から、えれなのテンションは最高潮に達していた。

「りくちゃん、大好き。ほんと神、天使、ありがと、ホントありがと!」と、寝室を見ると、爽太が目覚めている。「あ、ごめん爽太くん、起こしちゃった?」

りくちゃんから電話なんだ、と、携帯を指す。

「えっ? 今、爽太くんって言った? ねえ聞いてる?」

「エステ予約しなきゃ、あと洋服! あ、ネイルどうしよ……」

「ンなことどうでもいいから! 今、爽太くんって言ったよね? 爽太くんってあの……まさかえれな!」

「ホントりくちゃん、ありがとね。じゃあ日にち決まったら教えてね!」

「えっ、ちょっと待ちなさいよ。何もう信じらんない!」

六道が何かキーキー叫んでいるようだったけれど、えれなの耳にはまったく届いていなかった。

「どうしよう、どうしよう、どうしよう!」

電話を切ったえれなは、ベッドに駆けて行って爽太に抱きついた。

「え、倉科さんに会えることになったの?」

「そう、りくちゃんの友だちのダンナのいとこがバンドのプロモーターなんだって。今度のライブの後、打ち上げに入れてもらえるって!!」

「やったじゃん、えれな」

「でもどうしよう‼　ああもう、ダイエットしときゃよかった！」

バタバタと取り乱しているえれなは、ものすごく可愛い。爽太は微笑ましく見守っていた。

えれな、ほんとうに会えるんだ。うまくいくといいな。もしかしたら、えれなのバカげた夢も、ちょっとは現実になるかもしれない。だとしたら俺の夢も……少しは現実になるかもしれないんだ。

そんなことを考えながら、えれなの家からの帰り道を歩いていると、サエコさんのと似た赤い傘の女性とすれ違った。爽太の頭の中に一瞬、夢の中で投げ出されたサエコさんの傘の残像がよぎった。

開店前、薫子が厨房を通りかかると、爽太が新しいチョコレートを作っていた。

「なに？　新作？」

「いや、前のレシピに手を加えてみた。食べてみてよ」

そう言われて、スプーンですくって食べてみる。

「おいしい！　オレンジ風味のムース・オ・ショコラ！　前のよりずっとおいしくなってる！」

「香りで気分が変わるようにしたんだ。これ食べてるときくらいは、幸せになってほしいからね」

「は？　サエコさんに？」

薫子は笑顔を引っ込め、眉をしかめた。

「片想いをしている皆さまに」

爽太の言葉が、胸にグッと突き刺さる。

「なんてね……まあ薫子さんは、片想いなんかしないいんだろうけど」

だけど爽太自身は悪びれずにそんなことを言った。

「え……なんで、そう思うの？」

「だってこう、賢くて理性的な感じじゃん。無駄なことに精神力や時間使わなさそうだし。理想も高くて、見た目も中身もいい男で、それで向こうから薫子さんに来てくれるような人じゃないとまず相手にしないでしょ？」

そんなふうに見えていたとは……。薫子は言葉が出なかった。

「あれ……ちがった？」

「そのとおりだよ。わたし別に今、片想いしてないし、誰にも興味ないし」薫子は男前に言い放った。「爽太くんがサエコさんのこと、いつまでも好きでいられるのも正直不思議だなあって思ってるよ。いかにも男ウケ狙ってますっていうのわかってて、なんで冷めないのかなあとか。ヒールの低い靴履いて可憐《かれん》そうな演出したり、そういうのになんで、まんまと引っかかっていられるのかなあとか」

「え、だって、見え見えだから可愛いんじゃん？」

　爽太は、逆に不思議そうに薫子を見る。

「見えなかったら『可愛い』って思えないよ。男って鈍《にぶ》いから。見え見えでいいの。がんばってんなあってとこが可愛いの」

「……それすら向こうの計算だったら？」

「いいじゃん、別に。そこは計算通りになってあげても。何も損してないし。可愛いもん見れただけで、こっちは幸せなんだから」

　はあ。そうなのか。そういうものなのか。騙す方も騙される方もわかっていてやっているの？

「低い靴で可憐ぶってる……？　サエコさんがそう言ったの？」

　爽太が尋ねてくる。

「え、まあ……そんなようなことを……」

「あれ？　最近、薫子さんがヒール低い靴で来てたのって、もしかしてそれ意識してた？」

「……そんなわけないじゃん！」

ゲ。見てたのか。人の気持ちには鈍感なくせに、靴はちゃんと見てるなんて。

「この店来るのに、可愛いこぶったところで、誰に見せるのよ！」

「まあ、それもそっか。俺らに見せてもしょうがないもんね」

爽太はフロアの方に行ってしまった。ひとり残った薫子は、食べかけだったムース・オ・ショコラが目に入る。さらに一口食べた。おいしい。こんなおいしいチョコレートができるのは、サエコさんのおかげ？　それともあの、いかにもヤッてます！という感じのえれなのおかげ？　薫子は複雑な気持ちだった。


その日やってきたサエコさんは、さっそくカフェスペースでムース・オ・ショコラを食べた。

「うーん、おいしー！」目を閉じたり開いたりして、ただの笑顔だけでも、実に表情豊かだ。「前からおいしかったけど、なんかオレンジの香りが華やかで、カカオの風味も濃厚に感じる！」

「爽太くんがレシピをバージョンアップさせたんです、お客さまにもっと幸せになってもらいたいって」

薫子は説明した。

「そうなんだあ……」

まあ、あなたはもともと幸せでしょうけど……と、心の中で呟いた薫子に、

「すっごく幸せになりました！」

サエコさんは満面の笑みを向けてきた。どこまで幸せになれるんだ、この女は
……？　そう思いつつ、

「爽太くんにそう伝えておきます」

薫子は言った。サエコさんは厨房の爽太を見たけれど、爽太は作業に集中していた。

「薫子さんはいいなあ、羨ましい」

「は？」

「だってこのお店で働けるんですよ？　それって薫子さんに、ちゃんと、爽太くんが認めるだけの能力があるってことですよね。すごいなあ、こんな素敵な場所でバリバリ働けたら、毎日充実してるんだろうなあ。お仕事、楽しいでしょう？」

サエコさんは一瞬目を伏せ、諦めたように笑った。サエコさんにも生活に対する不平不満があるのだろうか。

「まあたしかに充実してますけど、わたしから見れば、サエコさんのほうがよっぽど羨ましいですよ？」

「……ええ？」

「……素敵な旦那様きっちりゲットできてたりとか……わたしなんか、このトシまで

そっちのほうは失敗ばっかで。最近は失敗どころかもう根本的に何もないっていう状態で。あはは」

「お仕事できるほうがよくないですか？　自分で稼いだお金自由に使えて、誰にも文句言われないし」

「たいした額もらってないですからあ！」と、つい言ってしまって、あっと声を潜める。「あ、いや、このお店が好きでいるから、いいんですけど……」

「やっぱり、好きなんですね」

「えっ？　いやいや、でも、わたしはサエコさんみたいな能力、ちょっとくらい欲しいですけどね」

「わたしの、ノーリョク？　あ、チョコを嗅ぎ分ける能力とか？　これ売れる!!　みたいな？」

「いや、男ゲット術……」

思わず、率直に言ってしまった。サエコさんは、はい？　と、目を丸くしている。

「えっとほら、サエコさん、男の人にすっごくモテるじゃないですかぁ」

「そんなことないですよー」

そこ否定すんな。と、心の中で毒づいてから、笑顔を作る。

「爽太くんから聞いてますよぉ、高校時代から取っ替え引っ……モテモテだったたって」

「嘘ですよぉ、そんなの」

自覚してますよね？　と、これも、心の声、だ。

「少なくとも、サエコさんがこれはって思った人は、確実に落とせるんじゃないですか？」

「ええ？　空振りもありますよ？」

「まさか」

「この人、絶対わたしに気がある、って思って、ワクワクしながら短いスカートはいてその人のおうちに行ったりもしたけど……」

薫子は、おおおー、と、のけぞった。そんなマヌケな男がいるとは、信じられない。

「でも相手は無反応で、なーんにも起きずに終わっちゃって」

「へえ……そんなツワモノが……」

「なんかイラッと来て、ついわたし、別の人と運命感じて今幸せ！　みたいなこと言っちゃった」

「よっぽど鈍い人だったんですよ、その人」

「もしもあれが上手くいってたら、人生変わってたかもしれないな……」

サエコさんは、ムース・オ・ショコラに目を落としながら、ぼそっとつぶやいた。

「今、幸せなんだからいいじゃないですか。人生変わってたら、今より不幸になってたかもしれないですよ？」

「そう……ですよね」

サエコさんはうすく、微笑んだ。


サエコさんが来ている。だけど、だからこそ、爽太は目の前の作業に集中していた。

「いいの？　サエコさん来てるよ？」

オリヴィエが声をかけてくる。

「……いいんだよ」

答える爽太に、オリヴィエは納得していないようだ。

「今、手、離せないし。やたら出て行って、軽く見られるのもどうかと思ってさ」

爽太は手元を見たまま顔も上げずに言った。


夜、ソファに座って、サエコはそっと、ショコラ・ヴィの箱を開けた。目に留まったチョコレートをひとつ、口に放り込み、幸せな気持ちになる。そこに、キッチンで水を飲んでいた吉岡が声をかけてくる。

「紗絵子、寝るよ」

「うん、おやすみー」

サエコは吉岡の顔も見ずに言った。

「おやすみーじゃなくて……おまえも来いよ。たまには……」

「わたしまだ寝ない。今チョコ食べちゃったから。すぐ寝たら太っちゃう」

「あ、そう、じゃ、おやすみ」吉岡はリビングを出て行きかけたが、立ち止まった。

「いつまでもむくれてんなよな、旅行、行けなかったくらいで、大人げないな」

サエコが返事をせず雑誌を読んでいると、ドアがバン、と心なしか大きな音をたてて閉められた。けれどかまわずに、チョコレートをもうひとつ、口に入れる。ああ……。至福のときだ。サエコはソファの上で白い喉をのけぞらせた。


爽太が、誠やオリヴィエと朝食を食べていると、まつりが二階から降りてきた。爽太の家はリビングの中に階段があるので、どうしても顔を合わせてしまうのだが……ちらりとオリヴィエを見ると、視線を落としていた。まつりは、と見ると、やはりこちらを見ずにそそくさと玄関に向かう。

「……行ってきます」

朝食は食べないのかと　誠が声をかけたが、小声で「今日、遅くなるから……」と言い残し、出かけてしまった。

「なんだ、あいつ最近。さては男でもできたか！」

誠がはしゃいだ調子で言うので、爽太はウホンと咳払いをした。と、オリヴィエが持っていた箸をテーブルに置く。

「お父さま、お兄さま、おふたりに大事なお話が」

オリヴィエが誠と爽太を順番に見る。

「はい」

ふたりも背筋を伸ばし、箸を置いた。

「僕、まつりちゃんにキチンと自分の気持ち、伝えることにしました」

「いや、ちょっと待て。ちょっと落ち着いて考えてみろ。おまえ、トレルイエの御曹司だぞ？　そんなやつがまつりにって、俺やっぱり理解できないよ。日本来て寂しかったとか、そういうんじゃないのか？」

「ちょちょちょちょ……っと、待った！　話が見えない。なんだ？　我が家で今何が起きてるんだ？　まつりがどうしたって？」

慌てる爽太の横で、誠はさらに取り乱している。

「お父さま」

「は、はい」

「僕は、まつりちゃんが好きです」

「……え……」

そりゃあ絶句するよな。誠の気持ちはよくわかる。

「まつりちゃんの気持ちを、確かめたいと思っています」

「……え、ああ……そうだったの」

おそらく頭が真っ白なのだろう。誠はよくわからない反応をしている。

「たまたま近くにいた女が、まつりだったってだけじゃない？　おまえならそのうち、もっとすごい人と出会えるって」

自分で言うのもナンだが、セレブのオリヴィエが、こんなフツーの家庭のフツーの女子大生、まつりを好きになることはないと心から思う。

「ソータ、この世の中、どんなお金持ちだろうと美男美女だろうと、大統領だろうとハリウッドスターだろうと……出会えた人としか恋はできないよ」

オリヴィエはこうしてときどき恋愛の格言みたいなことを口にする……さすがアムールの国から来た王子だけある。

「人生の中で、出会える人って案外限られてる。ハムスターは同じカゴにいるハムスターとしかツガイになれないでしょ。それと同じだよ」

「……なるほど……」

誠もすっかり感心している。いや、感心していていいのだろうか。

「それでも好きな人ができたんだから、僕は運がいいと思ってる。まつりちゃんと僕を、同じカゴに入れてくれた神さまに、僕は感謝するよ」

オリヴィエの言葉が胸に刺さり、なんだか涙が出そうだ。

「今日、まつりちゃんに、ちゃんと言おうと思います。だからソータ、悪いけど、夕方ちょっとお店抜けてもいいかな」

オリヴィエは爽太に微笑み、「お父さま、ごちそうさまでした」と、きちんと食器を片付けて席を立つ。

「がんばれよ！」誠は、二階に上がっていくオリヴィエに向かって叫んだ。「よし、そうと決まれば、まずご両親に挨拶だな……あっフランス語か。ボンジュール、マダーム、ムシュウ……え、フランス語で娘をよろしくってどう言うんだ？」そして食器を洗いながらひとりブツブツ言っている。

「まつりのことはいいのかよ？」

呆れていると、爽太の携帯が鳴った。えれなだ。

「ごめんね、朝早く。これからお店でずっと忙しいでしょ？」

「ああ、どうかした？」

「今日の夜、倉科さんに会う。一応、言っとこうと思って……」

あたりが騒がしい。もうスタジオに入って仕事をしている様子だ。

「えれな、がんばれ」

ありがとう、と、えれなが言う。みんながんばれ。爽太は心から思った。

まつりのバカ、まさかオリヴィエをフッたりすんなよ。倉科さんも、えれなに会ったらやさしくしてやってよ……でもそうか、みんな、ちゃんと前に進もうとしてるんだな。

店に向かう途中、信号待ちをしながら爽太はそんなことを考えていた。

何もしていないのは、自分だけか……自分も、先へ進まなきゃいけないのかな。

そう思った瞬間に信号が青に変わり、爽太は大きく、踏み出した。

さっき信号が青になったのは吉兆《きっちょう》だったのだろうか。その日、開店後すぐにサエコさんが現れた。

「いらっしゃい」

意地を張ることもかけひきをすることもなく、心からの笑顔を向けた。

「こんにちは」サエコさんにしては珍しく、おどおどと周りを気にしながら、爽太の様子をうかがっている。そして、顔を上げて爽太を見た。やっぱり、文句なく可愛いな。この人が好きだな、と、実感してしまう。

「あ、あの今日は、爽太くんに話があって……」

「うん、なに?」

「爽太くん、今度の定休日、何か予定ある?」

「定休日……?」

まさか、また友だちを紹介したいとかじゃないよな。なんて、すこし警戒したりして。

「友だちが結婚するんだけど、お祝いに食器とかプレゼントしようと思ってて」

「うん」

「もし時間あったら、爽太くんにつきあってもらえないかなあって……」

つきあって? 今、爽太くん、つきあって……って、聞こえたけど……。

「……えーと、俺?」

必死で平静を装い、問い返す。

「食べ物のプロだから食器とかもセンスいいだろうなあと思って」

「センスで言ったら、俺よりオリヴィエのほうがいいよ?」

「爽太くんがいい。爽太くんと行きたいんだ」

爽太くん、が、いい。爽太くん、と行き……たい。ああ、もうどうしたらいいんだ。今すぐ店を飛び出して全速力で走って川原でバンザーイ! と叫びたい。

「ダメ……？　忙しい……？」

両手を胸の前で組み、上目づかいで尋ねてくる。苦しい。胸がしめつけられて動悸《どうき》が激しくなる。殺人級の可愛さだ。サエコさんは目を逸らさず、じっと爽太を見ている。ここは……どう出るべきなんだろう。

「うーん、ちょっと無理かなあ」爽太は言った。「店、休みの日もなんだかんだ用事あって。けっこう忙しいんだよね」

ごめんね、と言うと、サエコさんは悲しげに目を伏せた。でもすぐにいつもの笑顔に戻って再び爽太を見た。

「ううん、そうだよね、忙しいよね。こっちこそ急にごめんね。気にしないで……あ、じゃあ、ムース・オ・ショコラふたつください……だんなさん、と食べるんだ」

「うん。吉岡さん、元気？」

「……え、元気元気！　太ったけど」

「幸せ太りだね」

にこやかに笑いながらラッピングした袋を渡し、ありがとうございました、と紳士的に送り出した。

またね。爽太に言って店を出てきたサエコは、数歩歩いて、足を止めた。もちろん、誰も追いかけてなんか来ない。追いかけてくる理由なんて、ひとつもないのだから。代官山の駅まで歩く足どりは、重かった。駅が近くなり踏切が鳴り始め……すこし走れば間に合うのだけど、そんな元気もなかった。

踏み切り待ちをしていると、鞄の中の携帯が鳴った。取り出してみると《爽太くん》、だ。

「爽太くん?」

何も考えず、瞬時に出た。

「あのね、さっきの話だけど」

「え、なに? ごめん、今踏切で……」

ちょうど電車が近づいてきた。耳をおさえ、爽太の声を聞き取ろうとするのだがよく聞こえない。

「なに?」

「来週の水曜なら空けられるよ……買い物、つきあおうか」

聞き間違い、じゃ、ないよね。ゴーーーー、という電車の轟音とともに、サエコの胸がドキンと鳴る。

踏切が開いても、サエコはしばらく動けなかった。

「呆れてるでしょ、最初から『いいよ』って言えばいいのに、回りくどいことやってんなって」

厨房で電話をかけていた爽太は、薫子がこちらを見ている気配を感じ、ふっと自虐的に笑った。

「計算でしょ？　ならきっと正解だよ。悪い男のやり口としては。普通にOKもらうより、一度落とされてから持ち上げられた方が舞い上がるもんね。今頃サエコさん、ハートぎゅうぎゅう掴まれてるよ。わたしならそうなって……」

「やめてよ。そんな持ち上げんの」爽太は薫子の言葉を遮った。「いつもみたいに現実見せて、厳しいこと言って俺のこと叩き落としてよ」そして厨房の水道で、顔をばしゃばしゃと洗った。

「なに、どうしたの？」

「……サエコさんとデートだよ？　どうしよう、俺、すげえ舞い上がって、どうにかなりそう」顔を洗って、頭はすこしシャキッとした。シンクに手をついて、気持ちを落ち着かせる。「あー俺、ホント、バカ。サエコさん、そんなつもり、さらさらないってわかってるのに。俺ほんとバカだ……」

気持ちはいっこうに落ち着きそうもない。爽太は濡れた前髪もそのままにうなだれた。でも、気持ちのたかぶりは抑えられなかった。

オリヴィエはまつりの大学にやってきた。正門の前で待っていると、まつりが歩いてくるのが見えた。さいわい、ひとりだ。でも、オリヴィエに気づくとまつりは視線を落とし、通り過ぎようとする。

「まつりちゃん」

呼びかけると、足が止まりかけた。でも、さらに足早に行ってしまう。

「待って、まつりちゃん」

オリヴィエは後を追いかけた。

爽太は浮かれてるし、オリヴィエもなんだか一日深刻な様子だったうえにさっきからずっと出かけているし……。まったくこの店の男たちは……、と、薫子が呆れていると、店のドアが開いた。

「いらっしゃいま……あ……」

たしかこの人は……関谷だ。

「こんにちは」

「リクドーさんとこの……こないだはどうも……あ、小動ですか？　今お呼びします……」

……

「井上さん」

「はい。え？　あれ、名前……」

知ってた……んだ？　なんだか不思議な気持ちになる。

「井上さん、今日、俺とメシ食いに行きませんか」

「……え……？」

いきなりどういうこと？　薫子はわけがわからなかった。

「デートかぁ」爽太は夢心地で作業していた。いや、でも……。次の瞬間、首を振り、妄想を打ち消す。「んなわけないじゃん。お気楽な主婦の買い物につきあってやるだけだよ。こんなの別に、なんでもない」

同じ頃、サエコは東横線に揺られていた。ドアにもたれ、スマホのスケジュールアプリを呼び出す。そしてさっそく、来週の水曜日の欄に打ち込み始める。

《スケジュールを登録しました》

周りにバレないように控えめに笑顔を作り、スマホを抱きしめる。そしてもういちど、開いて見てみる。来週の水曜日、《デート》。その三文字を見ているだけで、幸せだった。

落ち着こう。モードを切り替えなくては。俺は悪い男だ。それに……仕事のできるイイ男なんだ。

爽太は作業に集中しようとしていた。ふと、顔を上げると、フロアに客がいた。あの黒い革ジャン姿の男性は、リクドーの招待状を持ってきてくれた関谷だ。爽太はフロアに出て行った。

「お久しぶりですね。六道さんはお元気ですか?」

「はい。明日から期間限定でイベントショップをオープンさせるので、準備に追われています」

「へえ、すごいですね」

と、微笑みかけたが、沈黙が訪れた。どうもこの関谷という男は、よくわからない。

「……今日は、どうされたんですか」

「井上さんとメシを食おうかと思って」

無表情のまま、関谷が答える。井上さん？　誰だ？　あ、薫子さんのことか？

「ぜひぜひ相手してあげてください！　この人、彼氏もずーっといなくてチョコばっかいじってんで」

爽太は目を輝かせたが、当の薫子は不満そうだ。

薫子が言うと、

「ちょっと！　爽太くんは黙ってて。今日は用事があるんだって……」

「そうですよね。いきなりお邪魔して失礼なこと言って、すみませんでした」

それじゃこれで、と一礼して、関谷はあっさり帰ってしまった。

「……行けばよかったのに」

爽太はぼそりと言った。

「……だいたいあの人だって、どういうつもりで誘ったのかわからないじゃん」

六道さんの命令で、うちの企業秘密を聞き出そうとしているのかもしれないし。そんなことを言う薫子を見て、爽太は探りを入れてみることにした。

六道はスマホの画面を凝視し、固まっていた。大喜びで開けた、爽太からのメールだったが……。イベントショップの成功をお祈りします……的な社交辞令の後……。

《ところで六道さんのとこの関谷さんてどんな方ですか？　あ、別に引き抜こうとか

考えてるわけじゃないんでご心配なく！　俺が個人的に興味あるだけなんで》
「個人的に興味……個人的に……興味……」
何よ、爽太くん、ストレートだったんじゃなかったの？　六道はスマホをグッと握りしめた。

「返信来ないなー」

閉店時間になっても、六道から返信は来なかった。

「もういいよ。自分がデートに誘われて浮かれてるからって、わたしまで巻き込まないでよ」

「デートじゃないよ。サエコさんの買い物につきあうだけだよ」爽太は苦笑いを浮かべた。「あの妖精さんの思わせぶりな態度には嫌んなるくらい免疫ついてんの。簡単にその気になるほど今の俺はピュアじゃないから」

クールに決まった……。そう思っていたけれど、薫子は爽太を疑わしそうな眼差しで見ている。

「ああ、何着て行こうっ？　きっとお茶とかご飯とか行くよな。店、決めなきゃ。えーと、どんな店に連れて行こう、どんな、どんな、どんな……」

結局、悪い男の仮面はすぐにはがれてしまった。ブツブツ言っている爽太の横で、薫子は淡々と在庫チェックを始めていた。

「……この間は、急にあんなことしてごめん。勝手にキスしたことは謝るよ。でも、好きになったことは謝らない。僕はまつりちゃんが好きだよ」

オリヴィエとまつりは、人気のない並木道で向かい合っていた。

「ほかに好きな人がいるのも知ってるし、それがお友だちの彼氏だろうと誰だろうと、好きになる気持ちはしょうがないんだから別に責めない。でも……まつりちゃんはぜんぜん幸せそうじゃない。ぜんぜん笑ってないし、ぜんぜん楽しそうじゃない」

「……きっとそうだね。オリヴィエの言う通りだよ」

しばらく黙っていたまつりは、ポツリと呟いてうつむいた。そして次に顔を上げたとき、その目は涙でいっぱいだった。

「でも、彼と別れてオリヴィエとつきあうなんてできない……ごめんなさい……」

まつりは泣きながら走り去った。

夜、オリヴィエがまつりにフラれた、と、爽太の部屋に報告に来た。

「あのバカ！　まつりの分際でオリヴィエをフルとか、ねーから！」

美形でセレブでオタクだけど性格もいい。自分が女なら絶対つきあうぞ、と、思ってしまう。

「でも大丈夫だよ。これで終わりじゃないから」

「え……まだ粘る気？　あんなやつに？」

「ソータがそれ言うかな」

「それもそうだな」

十二年片想い中の爽太と、失恋ホヤホヤのオリヴィエは、目を合わせてプッとふきだした。

「今日、関谷さんが店に来てさ」

爽太は、関谷が薫子を誘いに来たことを話した。

「もったいないよなぁ。関谷さんももうひと押ししてくれりゃいいんだけどなぁ……」


都内で有名な帝国デパートの外壁に、チョコレートフェアが大々的に告知されたディスプレイがされている。そして、リクドーはその目玉だ。爽太は薫子と会場に向かうためにエスカレーターに乗った。

「帝国デパートかぁ……これでリクドーのブランド力も不動のものになったね」

フェアのフロアは大盛況だった。リクドーのブースは二時間待ちという一番長い行列ができていたが、リクドーのスタッフが、爽太と気づくとすぐに中のカフェスペースに案内してくれた。リクドー本店を模した煌びやかなサロン内のカフェスペースで、新作がふるまわれた。

「……イチジクしっかり入ってる。食べ応えあるね」

赤ワインと蜂蜜が効いてるし酸味と甘みのバランスがすごくいいなど、薫子とうなずきあう。

「これは相当オトナ向けの味だ。価格設定といい、相変わらず勝負してんなぁ」

「そうだね」

「薫子さん、普段着だね」

爽太はジャケットを着てきたが、薫子はジーンズ姿だ。

「ただの偵察でなんでおしゃれしなきゃいけないのよ?」

「わかったわかった。あくまで今日は偵察だからね」

爽太は店内を見回した。誰もがお洒落をして、幸せそうな表情で特別な時間を楽しんでいる。

「爽太くん、いらっしゃい。初日に来てくれるなんて嬉しいわぁ」

と、六道が笑顔で現れた。

「あっ……どうも。今日は関谷さんは……」

爽太は首を伸ばして奥を見た。

「関谷なら本店にいるけど？」

「ええ、そうなんですか？」爽太はがっかりしつつ、尋ねてみる。「どんな人なんですか、関谷さんて。いっつも無表情ですけど」

「真面目な男よ。面白みに欠けるところはあるけど、仕事はけっこうデキるわね……ところで爽太くん、わたしのこと、どう思ってる？」

「……尊敬してますよ、ショコラティエとして。率直に言うと、チョコレートが食べたいと思ったときに、みんながああいうものを思い浮かべるかどうかはわかりません。でも六道さんが思い描く世界にブレがないのはハッキリ伝わって来ます。人によって好き嫌いはあると思うけど、誰にとっても間違いなく、リクドーは特別な店だと思います」

と、爽太が真面目に語っていると、六道は、ありがとう、と、プロの表情で言った。

「わたしね、チョコレートを売ってるけど、一番売りたいのはやっぱり夢なの。だってチョコを食べたいだけなら、スーパーで買うでしょ？　万人向けの美味しいチョコがいくらでも売ってるんだし」

そのあまりの熱っぽさに、ええ、まあ……、と、思わず引いてしまう。

「こんなの欲しくないとか嫌いって人がいても、それはいいの。わたしとは縁がなかっただけだから。でも人間はこの星に七十億人いるもんね。そのうち六十九億九千万人に嫌われても、一千万人と愛し合えたら、もう十分夢みたいでしょ」言葉を失う爽太に、六道はさらに続けた。「だからわたしは、縁あった人を愛しまくってあげたいの」

「……六十九億九千万人に嫌われるのは怖くないですか？」

「怖くない。そんなことより自分自身のビジョンが消えてしまうことの方が怖い。どんなものを作りたいのかわからなくなって、何もできなくなることが怖い」

六道はあたりまえのことのように言った。

「……六道さんって、おいくつでしたっけ」

「え……三十七だけど……な、何？」

「いや、さすがだなと思って……」

爽太は尊敬の目で六道を見上げていた。六道も目を逸《そ》らさないのでしばらく見つめ合うかたちになった。すると六道が突然「聞けない……やっぱり聞きたくない！　忙しいから、またね」

と、くるりと背を向けて奥へ駆けこんでいってしまった。

「俺のビジョン……」

爽太は考え込んだ。

それはもちろん、サエコさんを幸せにするチョコレートを作ることだ。

「わたし、パン・オ・ショコラ大好きなの。爽太くんがパン・オ・ショコラ焼いてくれたら絶対おいしいと思う！」

毎週パン・オ・ショコラを買いに来てくれるサエコさん……。

きらきらと目を輝かせて爽太を見つめるサエコさんの顔が浮かんできて、思わず頬を緩めてしまった。


パン・オ・ショコラを作ろうと思う。翌朝、厨房で発表した。

「パン・オ・ショコラ？　諦めたんじゃなかったの？」

当然、薫子は呆れている。

「いや、やっぱり何とかリクエストに応えられないかなと思ってさ。パリの一流ブーランジェリーにいた人がさ、今、日本のホテルにいるんだよ。連絡したら特別にレシピを教えてくれるって。で、パン・オ・ショコラは毎週曜日を決めて限定販売にする。みんな『限定』って言葉には弱いし、毎日焼かなくていいなら、俺のスケジュール的にも負担が軽くて済むでしょ」

「……言うほど簡単じゃないと思うよ。それに、もっとほかにやることあるんじゃない？」

「ないない、今俺がやるべきことは、サエコさんのために究極のパン・オ・ショコラを作ること。それだけだよ！」

爽太は自信満々に言った。それが、ショコラティエ、小動爽太のビジョンだとわかったのだから。

数日後、爽太はえれなの部屋に来ていた。

「倉科さんと会えたよっ！」

えれなは昨夜、ライブの打ち上げで倉科に会った。今夜はその話を聞きに来たのだ。

「おおー、よかったじゃん！　えれなのこと覚えててくれた？」

「うん、たぶん。挨拶したら『ああ、どーも』って感じで……。倉科さん髪短くなってたから、『今の髪型似合いますねー』とか話して」

「うんうん、そんで？」

「えー……以上」

「は？　あ、でも連絡先交換はした？」

「……してない……だって緊張しちゃって！　何話していいか真っ白になっちゃったんだもん」

「なんだよー、それだけ？」

「でも直接会って話したら、やっぱりこの人のこと好きだーって思ったよ。それだけでも十分幸せ」

なんて言ったらいいのかわからずに、爽太は沈黙してしまった。

「……なんて言い聞かせてるけど、ホントはちょっとだけ凹んでるかな。ダメだね、わたし」

「まあ、気持ちはわかるよ。俺もサエコさんの前だと緊張してワケわかんなくなるし」

「あ？　明日はいよいよデートだね」

「そうだ！　明日の服まだ決まってないんだ！」

「別にいつものキレイ目カジュアルでいいじゃん。ただしトップスは黒ね」

あたりまえのように言うえれなになんで黒かと尋ねた。

「サエコさんにとってはいつもの爽太くんは白いパティシエ服なわけでしょ？　真逆の色で新鮮。カッコイイ。キュ―ン、だよ」

「おおー、さすがモデル。ありがとう、えれな！」

爽太はえれなを抱きしめた。

吉岡は出版社勤務なので朝はそれほど早くない。遅めの朝食をとり、玄関先で送り出す。

「俺、今日遅くなるから」

靴を履く吉岡の言葉を聞き、思わず顔が明るくなってしまう。だって今日は……水曜日だ。

「そうなんだ。お仕事がんばってね。いってらっしゃい」

吉岡が出かけるとすぐに、ドレッサーの前に座る。

あのときの彼女、爽太は友だちと言っていたけれど、男女の関係だろう。ここはあえて真逆。モデルさん系じゃない普通の女の子メイクでいこう。眉はふんわりやさしい感じ。全体的にナチュラルカラーで、ノーメイク風だけどコンシーラーで肌はばっちりカバーして……チークは少女っぽいピンク。髪をしっかり巻いて……できあがり。次は服。普通の女の子風で昔と変わってないなっていう印象の可愛い服。よし、決まった。最後は靴。花のモチーフがついたヒールのないパンプスに足を入れ……ふと思い直し、ヒールの高いブーツに履き替えた。

「爽太くん！」

待ち合わせ場所にサエコさんが現れた。お待たせ、と、ピンクの頬で、ツヤツヤの唇で、笑っている。

おお可愛い！　この妖精さんを今日一日俺の好きにしていいんだあ……。爽太はとろけ落ちそうな表情を、慌てて引き締める。いえ違います。お買い物につきあわせてもらうだけです、わかってます。

「爽太くん、いつもカッコいいけど、今日はすごくカッコいいね」

よしよし。服を黒にして正解だった。いつもは白のコックコートなんだから、ガラッと雰囲気を変えたらきゅんとくるよ。という実に的確なアドバイスをしてくれたのは、えれなだ。

ふたりはさっそく、食器店に向かった。

「ペアのお皿とかコーヒーカップとかで……明るい色使いでお花柄とかがいいのかな？」

サエコさんは、花柄のカップを手に取った。

「お祝いらしい感じだよね」

「うん。でも、いかにもお祝いの品ですって感じのじゃ、つまんないかなぁ……」

カップを置いて、サエコさんは爽太に体を寄せる。

「インパクトのある色柄でそこそこカジュアルで……丈夫そうなやつかな？」

爽太が言うと、サエコさんはうん、そうだね、と、ぴったりくっついてきた。

うわあ、なんか顔が近いんですけどー？　爽太の鼓動が高まってくる。変だな。い

つもこんなに近かったっけ？　チラリとサエコさんを見ると、高いブーツを履いてい
た。ああ、ヒールが高いんだ。そのせいか、この近距離っぷりは。サエコさんは以前、
薫子に、ヒールの低い靴履いて可憐そうな演出したりする、と言っていたらしいけど
……ということは、今日の高いヒールも計算ずくか？
「可愛いけど安っぽくないやつがいいなー。そういうのないかなー」
ああー、耳元に吐息がかかる。声が近い！　高い靴も低い靴も使いようだよ、薫子
さーん！
「アラビアは？　俺、けっこうここの食器好きなんだよね。たとえばこれとか……」
動揺を抑えようと、爽太は近くの皿を手に取った。
「あー可愛い！　それいい!!」
サエコさんは爽太の腕にしがみついてきた。胸……胸……当たってますよ、奥さ
ん！
「っていうか、これ自分用にほしーい」バクバクする爽太の横で、サエコさんははし
ゃいでいる。目を閉じて気を鎮《しず》めようとしたけれど……ダメだ、俺の理性、弱すぎる。
爽太はふいにサエコさんの唇をキスで塞いだ。一瞬サエコさんが身をかたくする気
配が伝わってきたけれど、すぐに力を抜いた。爽太の腕の中に抱かれ、キスに応えて
いる。サエコさんの柔らかな唇を味わった後、爽太はゆっくりと顔を離した。サエコ

さんはうるんだ瞳で爽太を見上げている。

「……お店の人に、見られちゃうよ」

「ごめん、我慢できなくて……でも、誘ったのはサエコさんだよ」

と、ふいにサエコさんの表情が豹変《ひょうへん》した。

「誘った？　いつ誰がどうやって？」

声のトーンもものすごく下がっている。

「えっ……。だって、顔、こんな近いし。腕、組んだでしょ、ギューって、こう、ギューって」

「は？　そんなの誰にでもするでしょ？　ていうか、男として意識してないから平気でできるんじゃん。それを誘ったとかって、何勘違いしちゃってんの。爽太くん変わってないねー。相変わらずイターい」

頭を殴られたような気がして、爽太はハッと目を開いた。横を見ると、サエコさんは食器を見ながら、あーでもない、こーでもない、と、楽しげに喋り続けている。そう、すべては爽太の妄想だった。

よく考えろ小動爽太。サエコさんにとってはこんなこと、たいした意味ないって、知ってんじゃん。ノーテンキに喜べるバカさ加減、結局いつまで経っても同じだ。嫌んなる。マジで……。

爽太は冷静になるために、すっとサエコさんから離れた。

買い物も無事に終わり、食事に連れていった店も、サエコさんは気に入ってくれたようだった。

「爽太くんとデートする女の子は楽しいだろうなー。たいていの男の人は一緒に買い物なんかしてもつまんないし、お喋りしてても女の子の方が面白いもん」

たいていの男の人か。たしかにこれまで何人もの男の人とつきあってきたんだもんな……なんて、ついついそんなことを思ってしまう。

「爽太くんって、最初につきあったのはどんな子だった？」

サエコさんがいきなり、尋ねてきた。

「最初……中学んときの彼女はふつうの子だったよ。俺は結婚意識しまくったけど。なんか舞い上がっちゃって将来のこととか夢見ちゃったりしたね」

「……結婚、憧れる？　してみたらきっといろいろ想像と違うよ」

「まあねぇ。でもいいなって思うよ。相思相愛の相手ができてさ、『一生一緒にいる』って約束して生きていけるわけでしょ。どんな時も孤独じゃなくなるわけでしょ。幸せだよね」

……ハハ。乾いた声でサエコさんが笑い、テーブルにはお互いがナイフとフォークを動かす音だけが響いた。サエコさんは料理を口に運びながら、おいしいね、と、微笑みかけてくる。

「……うん……」

「わたしは今こうしていられるのが、すっごく幸せだよ」

「……おいしいね。俺も幸せ」

にっこり笑い返したものの、心は重かった。


「ねえ爽太くん、これからうちにお茶飲みに来ない?」

レストランを出て駅に着いたとき、サエコさんが爽太の横顔をチラリと伺うようにして尋ねてきた。

「え……」

「あ、お酒でもいいよ。この間もらったワインがあるんだ」

「あー……吉岡さんにはご挨拶したいけど、もう十時近いし、ちょっと……」

「……いないよ」

サエコさんはぴたり、と足を止めた。驚いて爽太も立ち止まり、振り返った。

「……まだ、帰って来ないよ」

はにかむような、誘うような上目づかいで爽太を見る。サエコさんの言う通り、家に寄って、サエコさんを押し倒して抱き合っていると吉岡が帰ってきて……吉岡が激怒して……でも爽太とサエコさんは逆境になればなるほどよけいに燃え上がって……と、想像しかけて、さすがに陳腐《ちんぷ》すぎて、途中でやめた。

「爽太くん？」

サエコさんは爽太の様子をじっと観察しているように見える。試しているのか。からかっているのか。

「……あ、あの、あれだよ。旦那さん、まだ帰って来てないけど、そろそろ帰って来ると思う。爽太くんが来てたら喜ぶと思うよ」

そうかな。そんなことはないと思うし、何より、ふたりのラブラブなところを見せつけられたりしたらさすがに心が折れそうだ。いくらなんでもそこまでドMじゃない。

「……ごめん。行きたいけど明日の仕込みがあるんだよね。ごめんね」

「……ううん。わたしも爽太くんのチョコ楽しみにしてるお客さんのひとりだもん」

お客さんのひとり、そうだよな。その程度……だよな。

「今日はホントに楽しかった。ありがとね……またデートしてくれる？」

サエコさんは明るく尋ねてきたが、ネガティブな感情にどっぷり呑み込まれていた爽太は、

「別にデートじゃないっしょ」

と、顔を歪めて笑いながら否定した。

「わかってるよ……冗談で言っただけだよ……じゃあ、お仕事がんばってね」

サエコさんは笑顔で手を振った。

「気をつけて帰ってね。吉岡さんによろしく」

爽太も手を振り返すと、サエコさんは改札を抜け、人ごみにまぎれていく。その姿が見えなくなると、爽太は大きくため息をついた。


そしてたまらなくなり……えれなの部屋へ向かった。約束もしないで来てしまったけれど、インターホンを押したら、えれなが出てきた。

「あれ、爽太くん。どうしたのデートは？　今帰り？　サエコさんとどうなっ……」

ドアを開けたえれなに、爽太はかぶりつくようにしてキスをした。華奢なえれなをそのまま床に押し倒してしまったが、かまわずにきつく抱きしめた。

「爽太くん。ちょっ……」

「ごめん。抱かせて、えれな」

床の上で乱暴にすればするほど高まった。でも体の高まりとは逆に、心はどんどん冷えていった。

サエコが沈んだ気持ちで帰宅すると、ソファで吉岡が新聞を読んでいた。

「……帰ってたんだ」

「お帰り、誰と出かけてたの」

「みくちゃん」

「どこ行ってたの」

「友だちのプレゼント買いに食器屋さん回ってた」

「それから？」

「ご飯食べて帰って来た」

「どこで」

「もういいでしょ」

逃げるようにリビングを出て洗面所に飛び込み、サエコはばしゃばしゃと顔を洗った。

「ねえねえ、ちょっと、これ見て！」

ある日の午後、客がいなくなった時間にまつりが爽太に手招きした。ノートパソコンの画面には、有名サイトのスイーツランキングが表示されている。

「おお！　うちのムースが二位になってる」

のぞきこんだ爽太は声を上げた。

「女優の藤本涼子《ふじもとりょうこ》が、うちのムースのこと絶賛してたんだって。あの人のブログすごい影響力があるみたい」

「ああ、前に来てくれたよね。それで最近ムースが急に売れ出したのかー。藤本涼子さまさまだな」

「ねえ、いいタイミングだから新作ショコラの試食ださない？」

薫子が提案してきた。

「賛成！　この波を先につなげていかなくちゃね」

藤本涼子効果か。その日はムース・オ・ショコラがよく売れた。

午後になると、サエコさんが来店した。中で食べていくと言うので、薫子はカフェスペースに案内した。サエコさんはちらちらと厨房を見ているが、作業中の爽太は気づかない。

「薫子さん、好きな人います？」

注文されたショコラとカフェオレを出しに行くと、突然、尋ねられた。

「え……いや、いませんよ。いたらいいんですけどねー、なんか年がいくにつれ出会いとかどんどん減って来ちゃって」

「ああ、出会いかぁー……『出会いたければ、あちこち行って迷子になってみな』って、前にうちのお母さんが言ってたな。行き先に迷いなくザクザク前進してっちゃう女の人より、ウロウロ心細そうに迷ってる女の子のほうが男の人は寄ってくるものだって」

なるほど。そういうお母さんに育てられたからこうなったのか。でもこの人、何が言いたいんだろう。不思議に思っている薫子に、サエコさんは言った。

「でも薫子さんはしっかりしてるから、どこ行っても迷子になんかならなそう。わたしもついていきたい」

なんとなく元気がないようには感じるが、いつものように屈託《くったく》なく笑っている。

「どうかな……案外今、迷子のような気もするんですけど……」

と言った、まさにそのとき、サエコさんの後ろにぬっと人影が現れた。ペコリと頭を下げたその人は、関谷だった。

ふと顔を上げると、サエコさんがカフェスペースでお茶を飲んでいた。爽太はフロアに出て行き、目の前に皿をさしだした。

「新作のボンボンショコラです。ご試食どーぞ」

「わあ、ありがとう……おいしい！　わたしこれすごい好き！」

「だと思った。最近わりとショコラ・レを選ぶよね。前はけっこうノワール好きだったのにね」

「すごい……よくわかってくれてるんだね」

あ、いかん。今の発言超キモかったかな。慌てて仕事人の顔を作って答える。

「そりゃあ、常連のお客さんのお好みはちゃんとチェックしてるよ。これでもプロだから」

「……そっか。そうだよね……わたしそろそろ行くね。約束があるんだ」

そそくさと立ち上がるサエコさんと、爽太はレジに向かった。

「今日オトナっぽい格好だね」

「……デートだよ」

「……ああ。ラブラブ夫婦だね」

「旦那さんとじゃないよ」

なんでもないことのように言うと、サエコさんはお金を払い、じゃあね、と、帰っていった。

「やっぱりあの女、昔と何も変わってないんだ！　デートする相手なんていくらでもいるんだよ。買い物デートとか行って舞い上がらなくてホントによかった……。」爽太はめいっぱい落ち込んでいた。

「女の子ってさ、同性の友だちと出かける時も『デート』って言ったりするよね」

見かねたオリヴィエがなぐさめてくれたが、

「いいんだオリヴィエ。俺は俺が作ったチョコレートをサエコさんが食べて、幸せな気持ちになってくれれば、それでいいんだ」

爽太は自分に言い聞かせるように言った。

「そうだよ。サエコさんが不倫してようとW不倫してようと今さら関係ない。俺はただ、ショコラ・ヴィでしか味わうことのできない究極のパン・オ・ショコラを完成させて、この店で彼女を待つだけだ！」

自分を奮い立たせるように宣言し、作業に戻ろうとすると、薫子が厨房の戸口にじっと立っていた。さぞ辛辣なことを言われることだろうと身構えていると、薫子は意外なことを言った。

「……今日ちょっと早く上がっていいかな」

「え？　いいけど……何か用事？」

「デート」

今の爽太に一番痛いワードだが、それよりも驚きが勝り、ホント？　と尋ねてしまった。

「ウソ」

「ハハ、わかってるよ。残念だなー」

爽太は笑ったが、薫子は笑っていなかった。

店が終わった後、薫子は関谷と食事をする約束をした。さっきやってきた関谷が、前に薫子を食事に誘った事情を説明したからだ。

狭い世界で暮らしてないで、たまには新しい人と知り合って刺激を受けなきゃダメだ。次の休みに誰か誘って食事に行け……という宿題が、六道から出されたらしい。そして関谷の頭に浮かんだのが、薫子だという。それを聞いて、薫子は気持ちが楽になった。

「そういうことなら、ぜひ行きましょう」薫子は言った。「わたしも今ちょうど話してたところなんですよ。出会いが……つきあいの幅が広がらなくなってきたねって」

そう。ちょうどサエコさんと話したところだったので、いいタイミングだったのだ。

薫子はいつもより早めに上がって私服に着替えた。髪をひとつにまとめていたゴムをはずして髪を整える。と、そのとき……。

「髪……なんか、いい感じです」

パーティーで関谷が言ってくれた記憶が頭をよぎり……もういちど髪を束ねた。

そして数分後、ふたりは居酒屋で向かい合っていた。

「お忙しいとこ時間作っていただいて申し訳ないっす」

「……いえ」

ビールで乾杯したものの、関谷が無口なので、会話が途切れてしまう。薫子は慌てて口を開いた。

「うちなんかよりリクドーさんとこの方が忙しいでしょう？　すごい人気じゃないですか。あ、そういえばチョコレートフェアにも行って来たんですよ。二時間待ちの行列ができてて、ビックリしました」

「……そうみたいすね」

「お店も豪華で煌《きら》びやかでセレブ！　って感じですよね。この間のパーティーもすごかったもんなぁ。わたしなんか場違いって感じで気後れしっぱなしでしたよ。爽太くんは物怖じしないタイプだからどんな場でも堂々と振る舞えちゃうけど、わたしはねー……」

寡黙《かもく》な関谷を相手に喋り続けていると喉が渇く。薫子はどんどんビールを注文した。

サエコは友人の仁美と食事をしていた。結婚して地方に行った仁美が久々にこっちに帰ってきたので、ちょっと値段の張ったレストランを予約した。大人っぽいワンピースを着ていたのはそのためだ。

「いいなー。サエコはいい旦那さん持ったよね。稼ぎはあるし優しそうな人だし」

サエコが持っている新作のバッグを見て、仁美が言う。

「……優しい……かな。外面はいいけど、家では結構アレだよ。取材とか接待だとか言い訳して朝まで飲み歩いてばっかかなの」

「そのくらいは高給取りなんだから、許してあげないと」

「それにね、パートとか何か仕事したいって言っても許してもらえないんだよ。なんかひとりでおうちにいるとさ、わたしって何の価値があるんだろって考えちゃったりして……」

「まあ、そういう考えの男はいるよね。今はヒマだからそんなことで悩むんだよ。子どもできたらそれどころじゃなくなるって。今が一番幸せなんだよ」

小さい子どものいる仁美は言う。だけど……。サエコはもうそれ以上吉岡の話はしなかった。

「とにかくね、爽太くんは女関係ではほんっとタチ悪いんだよ。だってさー、サエコなんて見るからにえげつない女だよー？　もう結婚してんのにデートに誘うとかさ。わたしからすればハア？　って感じだけど、それにホイホイ乗っかって舞い上がる男もどうなのよって思わない？」

薫子はすでにすっかりデキあがっていた。

「……そうっすね」

関谷は圧倒されたようにうなずく。

「それにさ、サエコ一筋で純愛貫いてんならともかく、ほかの女の子としっかりやることはやってんの！　ビックリでしょ?!　幻滅だよ！」

「まあ、モテそうですしね、小動さん」

「なのにさぁ、オリヴィエは『ソータはもっとサエコを好きになればいい』とか言うわけ。爽太くんがサエコさんを好きになったからショコラ・ヴィが生まれた、だからそれは価値のある恋なんだって」

「……そうなんすか？」

「違うよ！　爽太くんがショコラティエとして活躍してるのは、それだけの才能がもともとあったからだよ。わたしはあの女に恋することに価値があるなんて絶対に認めない。だいたい究極のパン・オ・ショコラなんて一朝一夕で作れるものじゃないのに、そんなこともわからなくなっちゃうなんて、どうかしてるよ。このままじゃいいように振り回されて、苦しい思いいっぱいさせられて、ボロボロになってくだけだって。あの女に関わってたら爽太くんはダメになる！」

言いたい放題一気にぶちまけ、肩ではあはあ、と息をしていると、さっきから相槌を打つだけだった関谷が、口を開いた。

「小動さんに告白したらどうすか」

え……。薫子は思いがけない言葉に固まった。

「……好きなんですよね？　言っちゃったらいいんじゃないすか。パーティーでお会いしたときからそう思ってましたけど、違うんすか？」

この人……他人になんか関心ないっていう顔してちゃんと見てるんだ。

「……関谷くんだったら言う？」薫子は真剣に尋ねてみた。「たとえば六道さんを好きだったら。百パーセントフラれるのがわかってるのに」

「言うんじゃないすかね。グダグダめんどくさいこと引きずんの、俺は嫌ですから」

あっさりと答える関谷を、薫子はポカンと見つめた。

自分はグダグダめんどくさいことをひたすら愚痴ってるだけの嫌な女だ。この人といてもわたしばっかりくだらないこと話してバカみたい……。恥ずかしくて顔が熱くなってきた。穴があったら入りたい。

ちらりと関谷を見ると、そんな薫子の気も知らず、淡々とビールを飲んでいる。

わたしだって別に、そこまでしゃべりたいわけじゃない。相手が話してくれるのを横で笑って聞いてられるのが、一番いい……そうだよ、ただ爽太くんがバカなことを言ったりするのを、横で笑って見てたいだけだ。たとえそれがモデル女の話だろうと、お気楽主婦の話だろうと……。このままでいい。別に彼女になりたいわけじゃない。そんなバカな夢は見ない。わたしは、いいオトナだから……。

涙がこみ上げてきて、薫子は慌てて拳を握りしめ、唇を噛みしめた。でも……涙がこぼれてしまい、慌てて下を向いた。

夜遅くまで厨房に残り、パン・オ・ショコラを成形していると、誠が入ってきた。

「あれ、何？」

爽太は顔を上げた。

「うん……どうなってんだ。まつりとオリヴィエ」

ああ。爽太は口をとがらせた。その表情を見て、誠も察したようだ。

「やっぱり。あのバカ娘」

「トレルイエ家の御曹司だよ？　俺がつきあいたいよ」

「同感だ」

ふたりは顔を見合わせて笑った。誠は椅子に腰を下ろし、爽太が作業をするのを眺めていた。

「遅くまで研究熱心だな」

「早く完成させたいからね」

「……おまえはいい時代に生まれたな。俺がやってた頃は、口コミで評判が広まるのに何年もかかったもんだ。だから、どうしても万人向けのものを作らざるを得なかった。わかってくれる人だけがわかってくれればいいなんて言ってたら、あっというまに店が潰れちまうからな。でも今は違う。大勢の人間に媚を売らなくても、たったひとりの誰かに死ぬほど愛してもらうことができれば、ちゃんと結果につなげることができる。それはすごく幸せで恵まれた環境だってことだ」

誠はしみじみ言った。

「……うん、そうだね。そういえば六道さんもそんなこと言ってた。六十九億九千万人に嫌われても、一千万人と愛し合えれば十分だって」

「……億とか一千万とか、ずいぶんスケールのデカい話だな」

「さすがに十も歳が上だと言うことが違うなって思ったよ」

「それは違うぞ。歳じゃねえだろう」

誠はさらりと言うと、じゃあ、頑張れよ、と言って帰っていった。

歳じゃない……。誠の言葉が胸を突き……爽太は手を止めて考え込んだ。

なんであのとき、六道に歳を聞いたんだろう？　安心したかったから……？　そうだ、十歳も年上なら負けてても仕方ない。そう思って安心したんだ。でもそれって、その時点で勝負に負けてるってことなんじゃないのか？　あの人はすごい。完全に自分の世界を構築している。君臨している。だけど孤独じゃない。媚びてない。でも愛を売っている……。

大人だけをターゲットにした、傲慢《ごうまん》ともいえるほどの味のチョコレート。リクドーの世界観が随所に表れている煌びやかな内装。彼の世界で、彼が作るチョコレートを食べて幸せそうに笑い合う客……。

俺はあと十年であんなふうになれるだろうか？

爽太はパン・オ・ショコラに視線を落とした。しばらくじっと見つめていると、頭の中にイマジネーションが湧いてきた。立ち上がり、冷蔵庫を開けて中の材料を確認する。そして爽太は一心不乱に、スケッチブックに向かった。

翌朝、予想通り薫子の顔はパンパンに腫れていた。飲みすぎの上に泣いたのだから仕方がない。暗い顔で出勤してくると、爽太が厨房で作業をしていた。

「あ、おはよう薫子さん！　ねえ見てよ、新商品を試作してみたんだ。じゃーん」

どうやら、爽太は徹夜だったようだ。顔は疲れているが、表情は晴れ晴れしている。

「……パンデピス？」

爽太はうなずき、フロアのカフェスペースでパンデピスを試食させてくれた。ひとくちめをかじって飲み込む薫子の顔を、わくわくした表情で見守っている。

「……おいしい。スパイスがすごく効いてる！」

薫子は正直な気持ちを口にした。

「うちで人気ある商品って、フランスではごくふつうに売られてる日常的なお菓子ばっかりじゃん？　その路線で考えてて、パンデピスを思い出したんだ」

「究極のパン・オ・ショコラはどうしたの？」

「あ、あれね。あれは止めました……あ、オリヴィエ、ちょっと、ここ座って。味見してみてよ」

出勤してきたオリヴィエにも、爽太はパンデピスを切り分ける。薫子は席を立ち、厨房で三人分のコーヒーを淹れた。最初に試食ができる。これも、幸せっていうのかな。薫子はふっと微笑み、コーヒーを運んでいった。

「改めて考えたんだよね、ホントにこれでいいのか？　って。サエコさんにお願いされたことをお願いされた通りにやってるだけじゃ、永遠に前を歩くことはできない。ついてくだけじゃダメなんだって。たとえリスクがあったとしても、サエコさんが思ってもみなかったようなものを作ってみせないと」

爽太はオリヴィエ相手に、熱っぽく語っていた。

「それでパン・オ・ショコラからパンデピスにシフトしたわけだ」

「そう。リクエストされる前に先手を打ってやるぜ！って感じよ」

「楽しそうだね、ソータ。ソータとサエコさんを見てると、まるでチェスの対戦を見てるようだよ」

「楽しんでるよ。これだっていう手が見つかった時はわくわくするし、ぞくぞくする。俺、あの人がいればいくらでも、何でもできるような気がしてくる」

爽太の心ははずんでいた。

「ソータいい顔してるよ。だから僕は反対しないんだ。おいしい。懐かしいね、この味」

オリヴィエにもそう言ってもらい、爽太は満面に笑みを浮かべた。

サエコさんが俺にもたらす感情は、すべてインスピレーションの源になる。不思議だね。爽太は思った。

だからもっと俺を傷つけてていいよ。もっともっと凹ませてくれていい。その痛みが、苦しみが、また俺を成長させてくれるから。

あなたが俺をショコラティエにしてくれたんだ。そして今でもショコラティエで居続けさせてくれている。

俺は、サエコさんが好きだ――。

第5話

ハンドルにもたれかかり、顎《あご》を乗せて、薄青色の空を見ていた。地平線が、だんだんと淡く色づいてくる。助手席を見ると、サエコさんが眠っていた。寝顔も妖精そのものだ。起こすのはもったいないけれど……。

「サエコさん、起きて」

爽太はサエコさんの肩をゆすった。

「そろそろ時間だよ」

微笑みかけて、さ、行くよ、と、外に出る。

サエコさんの手を引いて、見晴らしのいい高台にやってくる。ここ、ここ、と、草地に並んで腰を下ろす。地平線から朝日が顔を出す。空の色が、刻々と変わっていく。そしてついに、朝日が昇りきった。

「わー、すごいキレイ！」

サエコさんが、声を上げた。朝焼けが空を黄金色に染めて、どこまでも広がっている。

「俺、ここから見る朝焼けが好きなんだ。どうしてもサエコさんに見せたかったんだよ」

そう、いつか絶対にサエコさんを連れてきたいと思っていた。

「嬉しい……最高のお誕生日プレゼントだよ」

サエコさんは目を細めて、朝焼けを見つめている。その横顔は朝日を受けてキラキラと輝いている。一番キレイなのは……サエコさんだ。爽太は思った。サエコさんが視線に気づき、爽太を見る。「お誕生日おめでとう、サエコさん」

そのまま顔を近づけ、爽太はサエコさんにそっとキスをした。


「サエコさん、お誕生日なんだ?」

オリヴィエに声をかけられ、爽太は、え? と目を開けた。

ここはショコラ・ヴィの厨房で、手元には製作中のチョコレートがある。そこには柑橘系のドライフルーツや金箔で、朝日をイメージした黄金色の装飾がほどこされている。そうか。いつのまにか妄想の世界へ旅立ってしまったみたいだ。

「誕生日。もうすぐなんでしょ?」

「え?」

振り返って、オリヴィエを見た。

「……えっ!　なんで知ってんの?」

「だって今、サエコさん、おめでとうって」

「ええ!　言ってた?　俺、今喋ってた?」

ヤバい。ヤバいぞ。それって、妄想の中のセリフでは?　ひょっとして妄想が口に出てるのか?

「うん」オリヴィエはとくに驚くでもからかうでもなく普通の調子でうなずくと、チョコレートに視線を落とし「キレイな色だね。朝焼けみたい」と言った。

「それも?　それも言ってた?」

「……?　それもって、何が?」

「……いや、別に」いかんいかん。墓穴を掘ってしまった。爽太はごまかすように、すこし気取った口調で「そうなんだよ、これ、朝焼けをイメージしてんだよ」と、言った。

「朝焼けかぁ。モンマルトルの丘から見る朝焼け、好きだったなぁ」

「冬の朝焼けってさ、空気が澄んでるからとくにキレイなんだよね。サエコさんの誕生日に一緒に見れたら最高だなー。でさ、寒さで風邪とかひいちゃって……」

爽太は再び妄想の世界にワープした。

クシャン。

朝日を見て車に戻った爽太は、運転席でクシャミをした。

「大丈夫？　わたしのせいでごめんね」

助手席からサエコさんが心配そうにのぞきこんでくる。

「いいんだよ。俺が行こうって言ったんだから」

「ありがとう。あったかいスープ作って来たんだよ」

サエコさんはスープジャーを取り出し、湯気の立つスープを爽太に差し出す。

「はい。これ飲んで元気になってね」

俺のために作ってきてくれたの？　うんうん、元気になるにきまってるじゃん。爽太は至福の表情を浮かべ……。

「ばっかじゃないの」

薫子の低い声で、ハッと我に返った。振り向くと、薫子が腕組みをし、軽蔑したような目で爽太を見ている。

「真冬に朝焼け見に行かされても迷惑なだけだから。ていうか誕生日は旦那さんと過ごすに決まってるじゃん」

「……いや、それは重々承知してますが……」

「くだらないことばっか言ってないで仕事してね。忙しいんだから」

薫子は容赦なく言い捨て、フロアに出て行った。

「……薫子さん、なんか機嫌悪くない？」

「……そうだね」

オリヴィエはうなずき、店頭に立つ薫子を見た。爽太はシュンとしながら、作業を続けた。


その頃、サエコは朝食を終え、後片付けをしていた。

「紗絵子、来週の日曜日空けといて」

「え……」

サエコは振り向いた。吉岡は淡々と出かけるしたくをしている。

「……その日は友だちとご飯行くって言ったよね」

「そんなのいちいち覚えてらんないよ。天野シェフのホームパーティーなんだ」

スマホのチェックをしながら、顔も上げずに答える。

「でも、せっかくみんなの予定合わせられたのに……」

「おまえのは遊びだけど、こっちは仕事のつきあいなんだから。ほかのみんなも夫婦で行くのに、俺だけひとりってわけにいかないだろ」

「……わたしにも人権あるんだけど」

「ジンケンって。これだから専業主婦は視野が狭いっていうんだよ。ちっさな世界で生きてるからそういう……」

吉岡は鼻で笑った。

「専業主婦はあなたの命令でやらされてるんでしょ？　そんなこと言うなら仕事するよ！」

「論点すり替えないの。とにかく予定はこっちに合わせてもらうから」

それだけ言うと、吉岡は玄関に向かった。

何それ……。サエコはまったく納得がいかなかった。


ひどいと思わない？

どうにも気持ちがおさまらなかったサエコは、実家に行き、母親に愚痴をこぼした。

「そんなの結婚したんだから、あたりまえでしょ」

母親はキッチンに立ち、夕食のしたくをしている。サエコもごちそうになって帰る予定だ。こんな時間にここにいていいのか、と母親に聞かれたが、どうせ吉岡は遅いのだからかまわない。実家に帰ってくると、娘時代と同じように何もしない。今もダイニングで、持ってきたチョコレートケーキを食べながらお茶を飲んでいた。

「でも、あんな扱いされるくらいなら、外で働きたい……」

「何言ってんの。だいたい旦那の反対押し切ってまでする価値のある仕事が、あんたにできるの？」

母親に痛いところを突かれ、食べていたケーキのひとかけらがグッとのどに詰まる。

「……お母さんは、あの人の味方するの？」

「吉岡さんはいい旦那さんだと思うわよ。大手出版社の副編集長で、お姑《しゅうとめ》さんはもう亡くなってて、お舅《しゅうと》さんはお兄さん夫婦が引き取ってくださってて……」

たしかに、条件がいいとは思う。友人たちだって、口々に羨ましがってくれる。サエコだって、今までつきあってきたイケメンの男の子たちとは違う、吉岡の知的な大人の魅力に惹かれたわけだけど……。

「そんな最高の旦那さんがご機嫌良くいられるように振る舞うくらい何よ。それこそあんたの仕事でしょ。甘いことばかり考えてないで、そのお仕事をがんばりなさい」

母親の言葉を聞いて、サエコは小さくため息をついてうつむいた。

「……お仕事……」

ふう。薫子も朝からため息をついてばかりだった。仕事にプライベートな感情を持ち込んではいけない。自分に言い聞かせているのだけど、爽太を見ると心が乱れる。爽太はサエコさんが好きだと全身で饒舌《じょうぜつ》に語りながら――自分でも気づかぬうちにひとりごとまで言いながら――製作にはげんでいる。

薫子が爽太に出会ったときから、爽太はサエコさんが好きだった。それを隠すこともなく、堂々と口にしていた。だから、今さら爽太のサエコさんへの思いを知ったところで傷つくこともない……はず、なのに。なんでさっきはあんなふうにいらいらした感情をぶつけてしまったのだろう。

「小動さんに告白したらどうすか」

居酒屋で関谷に言われた言葉がフラッシュバックする。そんなこと言ったって……と、商品を並べながらぐるぐる考えていると、

「薫子さん」

爽太に声をかけられた。顔を上げると、目の前に爽太が立っている。

「な、何?」

「あのさ、今度みんなで飲みに行かない?」

「え?」

「今月の売り上げ相当アップしてるからさ、祝賀会やろうよ」

「ああ……いいね。あ、わたし、お店探しておくよ」

祝賀会、か。みんなで親睦を兼ねながら飲みに行く。うん、楽しいかも。

「ホント？　じゃあ、よろしくね」

爽太がにっこりと笑ったところにドアが開いた。サエコさんだ。

「あ……いらっしゃい」

爽太の笑顔が、薫子に向けられたものとは微妙に変化する。そんなことをいちいち感じ取ってしまう自分が嫌になる。

「こんにちは～」サエコさんはショーケースに並んだパンデピスを目ざとく見つけた。

「ねえ、これ新商品？　可愛いね」

「食べたことある？　パンデピス」

爽太が尋ねると、

「……たぶんない」

サエコさんは人差指を口に当て、首をかしげた。そんな仕草が自然に出るところが、薫子とは違う種類の生き物だなあ、と、感心してしまう。

「シナモンとかアニスとかスパイスの風味が効いててね、蜂蜜たっぷり使ってるからしっとりしてるの」

「おいしそう！　じゃあ、これひとつと……」

「ありがと」

「あとボンボンショコラの詰め合わせを、一番大きい箱で」

「はい」

「あとコニャックのトリュフと……あ、それとオランジェット。あれけっこう日持ちするよね?」

「うん。ぜんぶ自宅用でいい?」

「うん」

サエコさんがうなずくと、爽太は商品を用意し、丁寧に紙袋に詰めた。自宅用とは言っていたけれど、けっこうな量だ。

「はい、どうぞ」

「ありがとう」

ふたりの間にある、とても親し気で、だけどすこしだけ緊張があって、やさしい空気感。素直に羨ましくなる。

「……それじゃ」

「うん……」

爽太は何か言いたげな顔で、ありがとうございました、と、サエコさんを見送った。と、サエコさんがドアの前で足を止め、改まった様子で店内を見回す。そしてしばらくじっと何かを考えていたが、ふいに踵を返して戻ってきた。

「爽太くん」

「はい？」

「ケーキ……」

「え」

「バースデーケーキ、作ってもらえる？」

「……も、もちろん。喜んで」

驚いたような表情を浮かべてから、爽太は目を輝かせた。

「嬉しい。じゃあ、お願いします」

「えっと、一月二十二日だよね」

「……覚えててくれたの？」

今日何度目かの、小首をかしげるポーズだ。

「え、あ、うん……これ、書いて」

爽太は注文票をサエコさんに渡した。そして、名前と住所を書き込むサエコさんの様子をうかがうように見ている。

「はい」

注文票を渡しながら、サエコさんは爽太を強い視線で見つめた。

「ありがとう」

受け取った爽太も不思議そうにしている。薫子が見ても、サエコさんはいつもとはどこか違う、静かな決意を秘めているけれど……。

「……じゃあね」

「うん……またね」

サエコさんは可愛らしく後ずさりをして、ドアまでたどり着くと笑顔で手を振った。サエコさんがいなくなってからもしばらく、爽太はドアを見つめていた。


夜、爽太はえれなのマンションに来ていた。ふたりが話すことといったら、やはりお互いの恋の行方だ。爽太は今日、サエコさんが店に来た話をした。

「へー、サエコさんのバースデーケーキ、作るんだ」

「うん……」

「そうなんだぁ、よかったねー」

「うん……」

爽太のテンションが低いのを感じたのか、

「……あ、ホントは一緒にお祝いしたいよね」

と、えれなもトーンを下げて、爽太の顔をのぞきこむ。

「え。ああ、いいんだ、それは初めからわかってることだし。俺は、サエコさんが誕生日に俺が作ったケーキを食べてくれれば、それで十分だよ」

うん、と、えれながうなずく。

「それよりさ、なんか……今日のサエコさん、変だったんだよね」

「変って……？」

「うーん……なんていうんだろ、違和感っつうーか、胸騒ぎっつーか……日持ちのするもんばっか買いだめするみたいにいっぱい買い込んでたし……」

いつも、サエコさんは少しずつ買っていく。箱なら一番小さなサイズのものを買うことが多いし、たくさん買うときはどこかに持っていくから、と、ラッピングを頼んでくる。なのに……。

もしかしたら、一瞬、二度と来ないつもりなんじゃないかって、そんな気がした。だって、いつものやわらかい雰囲気のサエコさんとは明らかに違っていた。何かを決意したような目をしていた。ダテに十二年、片想いをしてきたわけじゃない。サエコさんの変化ならすぐわかる。

「何言ってんの。少なくともケーキは取りに来るわけだし、考え過ぎだって」

えれなは笑い飛ばしてくれた。その言葉にだいぶ救われたものの、やはり心のどこかにひっかかっている。

「まあ、そうなんだけど……」

「あーあ、羨ましいなぁ」

「は？　どこが？」

真顔で、尋ねてしまう。

「わたしからしたら、そんなやりとりで不安になったりできるだけでも羨ましいよー」

「いやいやいや、しんどいだけっすよ？」

「そうかな」

「そうだよ！　会うたび抱きしめてキスしたくなる衝動抑えんのに必死なんだからさー、もう」

キスなら一度したことがある。たった一度、たった一瞬のその感触。かなり遠い記憶なのに、まだあのときの感触は、かすかに残っている。それがまたよけいに辛い。

「わかるわかる、好きな人が目の前にいたらチューしたくなっちゃうよねー」

はあ。爽太はため息をついた。

「サエコさんはどんなんが好きなんだろうな……えれなは、どんなふうにキスされるのが好き？」

「えー、わたしはね……不意打ちでチュッとされて、ポカンとしてるうちに激しく唇奪われちゃうのがいい」

「なんじゃそりゃー」と、言いながら、爽太は不意に、えれなの唇を奪った。え？とポカンとしているえれなの頭をつかんで唇を合わせ、舌をからませる。そのまま押し倒し、キスをしばらく続けてから、唇を離した。組み敷いているえれなを見おろし、ニッと笑いかける。

「こんな感じ？」

えれなはまだポカン、としていた。そして、アハハ、と笑いだす。

「そうそう、今のすっごくいい！」

よっしゃー、と、爽太はえれなをきつく抱きしめた。えれなもきゃあきゃあ言いながら抱きついてくる。

「爽太くんは、どんなのが好き？　わたしも練習しとかなきゃ。いつか倉科さんと、そうなったときのために……」

「……俺の好みはね……」

爽太はえれなの耳元で囁《ささや》いた。

「やだー」

爽太くんはエッチだなあ、と、えれなは恥ずかしそうに笑った。そしてふたりはそのまま、互いを激しく求めあった。

サエコさん。

えれなの肌に触れながら、頭の芯は冷めていて、サエコさんに呼びかけている。

こんな歪んだ愛の練習が、いつか役に立つ日が本当に来るのかな……バカなことしてるって、俺たちはわかってるよ。

でもサエコさん、それでも愚かなふたりが一生懸命考えて、こんなふうになったんだ……ホントだよ。


「サエコさんのバースデーケーキなんだけど……ラフデザイン描いてみたんだ」

翌日、爽太はオリヴィエと薫子にスケッチブックを見せた。えれなが励ましてくれたおかげもあって、前の晩は家に帰ってから猛然とスケッチブックに向かった。

オリヴィエたちはデザインをじっと見ている。そこにはフランボワーズのムースが入った正方形のチョコレートケーキが描かれていた。デコレーションは粉雪を思わせるパウダーシュガーと真っ赤なイチゴ、チョコレートで作った繊細なアゲハ蝶。シックでありながら可愛らしさを備えた美しいフォルムを生み出せたのでは……と、爽太は思っている。

「すごく可愛い……」

「うん、さすがだね」

薫子もオリヴィエも、心から褒めてくれた。

「……でもさ、アゲハ蝶って冬は飛んでないよね。別にいいのかもしれないけど、ちょっと季節外れじゃないかなぁ？」

「いい質問だね、薫子さん。チョウチョはサナギで越冬するんだよ。つまりね、このチョウチョは実体じゃないの」

「はい？」

「このチョウチョはチョコレートが大好きで、毎日森の奥のチョコレート屋に通っていたんだよ」

爽太は、森の中をフワフワと舞っているアゲハ蝶を頭の中に描き出す。景色はやがて冬になり、アゲハ蝶は力尽きて地面に落ちてしまう。

「それで繁殖することも忘れてチョコレートに夢中になるうちに、ついに寒さで死んでしまうんだけど、魂だけになった今も、こうして大好きなチョコレートを舐めに通い続けているんだ。切なくて可愛いケーキでしょ」

自分の生み出したストーリーにうっとりしながら語っていると、

「重いわ！」

薫子はいつもよりさらに冷え切った目で、爽太を見ている。

「えー、そうかなー。ちなみに別バージョンもあるんだけど」

爽太はスケッチブックをめくり、別のラフデザインを見せた。ショッキングピンクのムースからドロリと溢れている暗い色のフランボワーズの果肉入りコンフィチュール、デコレーションは闇を表現したココアパウダーと飴《あめ》細工で作った蟬《せみ》の抜け殼《がら》。狂気じみた愛を連想させるグロテスクなフォルムだ。

「こっちはもっと現実的。この蟬の抜け殻はね、チョコレート屋に通って来てはくれるけど、身も心もここにはないよっていう……」

「キモいわ！」

またばっさりと薫子に斬られた。

「このケーキのテーマは、『切なさ』だよ」

爽太はスケッチブックをめくり返し、最初のラフデザインに戻して真面目な顔で言った。

「お祝いのケーキに、それってどうなの？って言われるかもしんないけど……それくらい、ほんのちょっとだけ、そういう想いを込めるくらいなら、許されてもいいかなって」

「……いいと思うよ」薫子はうなずいた。「こんなに素敵なケーキなんだから、サエコさん喜ぶよ、絶対」

「うん……そうだといいな」

爽太はぱたん、と、スケッチブックを閉じた。

「えれな、ちょっと、聞いたわよ」

隣の椅子から六道が声をかけてきた。えれなは今日、六道とエステの日だ。ふたりはサロンのふたり用個室で、フェイシャルマッサージを受けていた。

「この間、男と歩いてたらしいじゃない」

「ああ……それは、お友だちだよ」

爽太とご飯を食べに行ったときのことだろう。実は今日もこの後は爽太とデートだ。

「また、とぼけて。腕組んでイチャイチャしてたんでしょ？　もしかして倉科さんとうまくいったとか？」

「まさか！　ただのお友だちだよ。っていうか、セフレ？」

「セフレ？……あんた、意外とやるわね」

「うーん、彼とは似た者同士っていうか……」

「似た者同士？」

「彼にもね、片想いしてる人がいるの。話を聞いてるうちに、ああ、おんなじだなーって思って。この人なら、わたしの寂しさとか、苦しさとか、理解してくれるだろうなって……」

と、そのとき、脇に置いてあったえれなの携帯が震えた。

「マネージャーだ。ちょっとすみません」

エステティシャンに施術を中断してもらい、体を起こして電話に出る。

「もしもし、どうも、おはようございます……え？　ホントですか？」


えれなはレストランで席に着いた途端、うわーっと話しはじめた。なんと、倉科のバンドが新曲を出すのだが、そのプロモーションビデオの撮影にまたえれなが呼んでもらえたらしい。

「えー、すごいじゃん。このチャンスを逃しちゃダメだよ、今度こそ、絶対に連絡先交換するんだよ！」

爽太は言った。

「うん、がんばる！」

「うわー、ドキドキするー」

自分のことのように言う爽太を見て、えれなは笑った。

「爽太くんは、その後どう？　サエコさん、お店に来た？」

「……いや、あれっきり」

サエコさんは現れない。まさか悪い予感が当たったのでは……と、そのとき、店の照明が暗くなった。なんだ？　爽太の暗い心の中を読んだのか？　いや違う。バースデーソングを口ずさんだ店員が、隣のテーブルにロウソクを灯したケーキを運んできた。

「えーウソー、嬉しい……」

感動している彼女に、向かい側の席の彼氏がおめでとう、と微笑みかけている。彼女は泣き笑いの表情で、フーッとロウソクの火を吹き消した。

「おめでとー！」

店員も、店内にいるほかの客たちからも、祝福の拍手が起こる。だけど……爽太はぼんやりと隣のテーブルを見ていた。だんだんと拍手がやみ、照明も点き……爽太は我に返った。ハッとえれなを見ると、爽太を心配そうに見ている。

「……ホントはさ……どうしても考えちゃうんだよ。なんで一緒に祝うのが俺じゃないんだろーとか、いろいろ……」

ふう、とため息をつき、正直な気持ちを口にした。ちらりと隣のテーブルを見ると、切り分けられたケーキを楽しそうに食べている。サエコさんは吉岡とこんなふうに誕生日を祝うのだろうか。サエコさんの家のテーブルの上で、切り分けられたケーキは爽太の作ったケーキで……。胸の痛みを感じ、思わず目を伏せると、テーブルの上に乗せた手に、そっとえれなの手が重ねられた。目を上げると、えれなが心配そうに、でも、にっこりと微笑みかけてくる。

「……大丈夫だよ」爽太も笑い返した。「誕生日にはサエコさんがケーキを受け取りに来てくれる。顔見て『おめでとう』って言えるだけでも、幸せだって思わなくちゃね」


朝食を作って、吉岡を送り出し、食器を洗って、洗濯機を回しながら、リビングに掃除機をかける。

「サエコ、最近旦那さんの愚痴言わないね」

昨日、友人の由佳里とのランチで交わした会話が、蘇ってくる。

「え、うん……プロに徹しようと思って」

「プロ?」

「吉岡さんの奥さんっていうのが、わたしの仕事だから」

サエコは言った。この前母親に言われたときに、心に決めたのだ。

「何、そのストイックな姿勢」

「だから封印したんだ……気持ちが乱れるようなことは」

そう言ったサエコに由佳里は、昔と変わったねえ、と、感心している。

「でもちゃんと宝物をおうちにストックしてあるんだよ。悲しくなりそうなときは、それで現実逃避するの」

「宝物って、どうせチョコとかでしょ？」

由佳里に言われ、エヘへ、と、サエコは笑った。

「まあでも、それって普通の主婦の正しい姿だよ」

そう……なのかもね。

午前中の家事を終えたサエコは、ソファでショコラ・ヴィのチョコレートをひとつ、口に放り込んだ。幸せが体に満ちていく。エネルギー補給完了。でも……すぐにため息が出てしまうのは、なぜだろう……。


夜、オリヴィエがリビングでテレビを見ているとまつりが帰ってきた。おかえり、と声をかけると、まつりは小声でただいまを言い、目を合わさずに二階に上がっていこうとする。

「待って」

オリヴィエは立ち上がり、階段に近づいていった。

「あのさ、この間のことだけど、もう気にしなくていいから。だからさ、これまで通り友だちとして、同じ店の仲間として、つきあっていこうよ。ね？」

明るく言って微笑みかける。

「……うん、わかった」

まつりの全身からすっと力が抜けていくのが、オリヴィエにも伝わってきた。

「祝賀会の日程なんだけど、二十二日にしようと思うの」

薫子は朝、出勤してきたオリヴィエに言った。

「二十二日……？」

「そう。サエコさんにバースデーケーキ渡した後、爽太くん、ひとりでいるの辛いんじゃないかと思って」

「……うん、そうだね」

「まつりちゃんも行くよね？」

薫子は、この日アルバイトに入っているまつりを見た。まつりは一瞬ためらってオリヴィエを見たけれど、オリヴィエはやさしく微笑んでいる。

「うん、いく」

まつりがうなずいたので、じゃあ決まりね、と、薫子は爽太に報告しようとバックヤードへ向かった。

爽太くん……、と、声をかけようとすると、中から声が聞こえてきた。

「そんな緊張すんなって。今日ＰＶの撮影だろ？」

ドアの隙間から、携帯で話す爽太の背中が見えた。薫子は引き返しかけたが、

「せっかく倉科さんと会えるんだから、がんばって来なよ。うん……そうそう、その調子。そっかー、もしこのままうまくいっちゃったら、えれなとはこの間したのが最後になるのかー」

爽太の言葉に、衝撃を受けた。ボディブローのようにじわじわときいてきて、足が動かない。

「倉科さんの前では真っ裸で歩き回んなよ。え？　いや、俺は気にしないけどさ、引いちゃう男もいるから。え、ああ、うん、じゃあ、しっかりね。またね」

電話を切った爽太が、バックヤードから出てきた。

「あ、薫子さん」

なんの悪びれた様子もなく、爽太が言う。

「……あ、あのね、祝賀会の日程なんだけど、二十二日になったから」

「え……」

「都合悪い？」

「え、いや、別に」

「そう。じゃあ、お店予約しとく」

薫子は明るく言い、フロアへ戻った。

商品を並べながら、薫子は爽太と初めて会ったときのことを思い出していた。

初めて会ったとき、まだ爽太は製菓学校の学生だった。誠の息子として紹介された爽太は、手際がよくて器用で、使える子だなって、そんなふうに思ったが、男性としての印象は「別に……」。

初めてドキッとしたのは、爽太がサエコさんのために作ったバレンタインデーのチョコレートを試食したときだ。今まで食べてきたチョコレートとは違う何かを感じた気がしたけど、そのときも、ただそれだけだった。真剣にチョコレートの感想を尋ねてくる爽太に、薫子も真剣に答えた。サエコさんのために作ったからといって「何も……」。

その後、急にパリに行ったという話を聞いて、六年経って現れたのが……背筋のしゃんと伸びた、身のこなしの紳士的な、男、小動爽太だった。

「お久しぶり、薫子さん。元気だった？」

洗練された雰囲気で微笑む爽太に、一瞬見とれてしまい、言葉が出なかった。パリにいる間に爽太の立ち居振る舞いや服装の雰囲気が変わったのは、日本人とは基本的に姿勢や仕草、ファッションセンスの違うフランス人たちに囲まれて暮らしたことはもちろん、品のいいセレブの王子様、オリヴィエと生活したことも大きく影響しただろう。何より、そういう人たちと関わって生活したことを、爽太は決して無駄にしていない。いいと思ったものは意識的にも無意識にも吸収できる素直さを持っている。薫子にも少しでもその素直さがあれば……たとえばサエコさんが教えてくれた女子としての心得や、関谷が言った、告白すればいいのだ、というアドバイスを実行できる力があれば……今、こんなふうにモヤモヤしてはいないのだろう。

爽太のことを、ずっと前から見てたのに「別に」「何も」……としか思わなかった。洗練されて脱皮して帰って来てから、コロッと見る目を変えた。わたしはその程度の女だから……。だから、今みたいな想いをするのも、当然なんだ。薫子は淡々と作業を続けた。

収録スタジオには、女の子が暮らす部屋のセットが組まれていた。倉科のバンドの曲が流れる中、えれなはカメラに向かって演技をしていた。

「カット！」

監督の声がかかり、音楽が止まる。

「だからさ、もっとテンション上げて楽しそうにしてよ。それからここの動きなんだけど……」

監督の指示を聞きながら、えれなはスタジオの隅を見た。倉科とバンドメンバーが、撮影を見守っている。一瞬、倉科と目が合い、心臓が跳ね上がる。

再び、撮影がはじまった。倉科の視線が気になってしまい、演技に集中できない。何度も何度も同じことを注意されてしまう。監督がチッと舌打ちするのが聞こえる。NGを繰り返し、スタジオの雰囲気が悪くなってきた。

「……はい、オッケー」

ようやく、オッケーが出た。

「もういいよ。お疲れさま」

監督はプイ、と行ってしまった。


着替えを済ませて楽屋から出てくると、バンドのメンバーが談笑していた。

「じゃあさ、終わったら×××で飲もうぜ」

「×××ってどこ?」

尋ねているのは、倉科だ。

「六本木。この間行ったとこだよ。おまえ気に入ってたじゃん」

「ああ、あそこね」

うなずいている倉科を見つめていたえれなは、声をかけようかどうしようか迷っていた。でもこんなチャンス、今度はいつくるかわからない。勇気を出して声をかけよ

う。そう思ったとき、

「えれな！　今日のあれ、何なんだよ！　ずーっと冴えない顔して、上の空でさ。やる気あんのか？」

マネージャーが走ってきた。

「え……あの……」

「せっかく無理やりつなげてやった仕事なのに、恥かかせんなよ」

「……すみません……」

「ホント勘弁してくれよなー」

唇を噛みしめ、顔を上げると、メンバーが会話を止めてえれなを見ていた。倉科と目が合ってしまい、えれなは咄嗟《とっさ》に逸らして逃げるようにその場を立ち去った。

閉店時間になり、薫子が看板をしまおうと外に出てくると、えれなが歩いてきた。

「あ……」

「……もう、おしまいですか」

「……かまいませんよ」

気持ちは複雑だった。だけど、通さないわけにはいかない。薫子は平静を装い、どうぞ、と、ドアを開けた。

「はいこれ、サービス」

カフェスペースのえれなに、爽太が試作品のチョコレートを出してくれた。朝日をモチーフにしたチョコレートだという。

「いいの？」

「うん。ちょっとだけ待ってて。すぐ終わるから、メシ行こうよ」

「……うん」

爽太はフロアに戻っていった。

「どう？　なかなかよくできてるでしょ」

カウンターの上にはチョコレートで作った繊細なかざりが乗っている。アゲハ蝶だ。

「……うん、羽根の繊細な感じがよく出てる。この辺とか」

「そう、そこが一番難しかったんだ。何度も失敗したんだけど、やり方を変えてみたら、うまくいったんだ」

「あ、じゃあさ……」

三人は、より精度を上げるためのアイディアをあれこれと出し合っている。爽太の横顔も、いつもえれなに向けている恋する男子の顔とは違い、プロのショコラティエの顔をしていた。

えれなはテーブルに目を落とし、爽太が作ったチョコレートを見つめ、ひとつつまんで口に入れる。甘さが口の中に広がっていく。ゆっくりと味わえば味わうほど、自分が嫌いになってくる。えれなは静かに席を立ち、店を出て行った。


夜、部屋に爽太が来てくれた。ふたりでソファに並んでテレビを見ていると、

「なんで帰っちゃったの？」

と、爽太が尋ねてきた。

「撮影どうだった？　倉科さんとは、話できた？」

えれなは答えずに、テレビの画面を見ていた。

「この子、同じ事務所の子なんだ」

「え？」

爽太も画面を見る。画面には若いモデルを起用した口紅のＣＭが流れていた。

「可愛いよね。お肌もすごくキレイな子なんだよ」

「……うん、まあね」

「実はこのＣＭのオーディション、わたしも受けたんだよねー」

えれなは明るい調子で言った。

「……そうなんだ。俺的にはえれなの方がいいけどなー」

　爽太はすかさずフォローをしてくれたけれど……えれなはプチン、とテレビを消した。部屋の中に、静寂が訪れる。

「ダメだった」

　えれなはポツリとつぶやいた。

「……え」

「お仕事。ずっと冴えない顔して、上の空だったって、マネージャーに怒られた」

　なんと言ったらいいのかわからないのだろう、爽太は黙り込んでいる。

「何やってんだろーね、わたし……倉科さんにいいとこ見せなきゃって、そればっか考えて空回りしちゃって……せっかく倉科さんの役に立てるチャンスだったのに、最低だ」

　涙がこぼれそうになって、えれなは唇を噛みしめうつむいた。

「わかるよ」爽太が、えれなの肩をやさしく抱き寄せた。「俺も同じだから。サエコさんのことになるとグズグズいろんなこと考えちゃってさ、どうもいつも通りに振る舞えないんだよなぁ」

「……違うよ」

　爽太のぬくもりに包まれ、えれなはじっと考えた。

「え？」

「……爽太くんはそういう気持ち、ちゃんと自分の力に変えてるじゃん。わたしとは、ぜんぜん違うよ……わたしの片想いは、わたしを成長させてはくれない。爽太くんの片想いとは違うんだよ」

爽太は黙っていた。そして無言のまま、えれなの頭をぽんぽん、と叩いてくれる。えれなも黙ったまま、爽太の肩にもたれた。爽太はそのままずっと、えれなの髪を撫でてくれる。

「……おいしかったよ」

えれなは口を開いた。

「ん？」

「チョコレート。美味しくて、それに、すごくキレイだった……」

「……あれはね、朝日だよ」

「朝日……？」

「うん。昔から好きな場所があってさ、そこから見る朝日が最高なんだ。それをイメージして作ったんだよ」

「……見たいな」

爽太の腕の中で、えれなは言った。

「え？」

「その朝日。見てみたい」

顔を上げると、驚き顔の爽太と目が合った。


ん……。眩しくて目を開けると、車の中に光が射していた。えれなはハッと起き上がり、運転席で眠っている爽太の肩を揺する。

「爽太くん、起きて」

「おはよー」

爽太がうっすらと目を開ける。

「朝日、昇っちゃってますけど……」

「……ええええっ?!」

ふたりは車から飛び出し、高台に向かって走った。

「ありえねえー！　せっかくここまで来たのに！　朝焼け見たかったのに！」

爽太は息を切らしながら、雄たけびを上げた。太陽はすでに昇りきり、辺りは朝の光に包まれている。

「……朝だね、すっかり……」

呆然と立ち尽くすふたりに、強風が吹きつける。

「しかも寒っ！　寒いよ！　もう、何なんだよー、くそー」

両手で体を抱くようにして凍えている爽太を見て、えれなはぷっと吹きだした。

「……何笑ってんの」

「いや……すごく走ったなーと思って」

「は？」

「よく考えたらさ、走っても意味ないよね？　なのに何急いでんの、わたしたち。アハハ、おかしい、ハハハ……」

すっかりツボに入ってしまった。もうおかしくてたまらない。

「もーいいよ、寒いから帰ろ」

爽太は口をとがらせて言う。

「走る？　また走ってみる？」

「もう走んなくていいって！」

ますますおかしくなってしまい、えれなは体をふたつに折り曲げて笑った。

「なんだよ、ぜんぜん面白くないよ！」

「まあまあ、いいじゃん。朝焼けは見れなかったけど、ほら、いいお天気。すごくキレイだよ」

朝焼けには間に合わなかった。でも、澄んだ空気がキラキラと輝くようで、景色は十分に美しい。青空のエネルギーを浴びるように、えれなは両手を広げた。爽太は、と見ると、目を細め、景色を眺めている。

「わたし、好きだよ。この景色」

えれなは爽太の腕に手を回した。爽太がちらりとえれなを見て、表情を緩める。ふたりは寄り添い、そのまましばらく景色を眺めていたけれど……再び強い風が吹きつけた。

「寒っ！　寒いよ！」

爽太はえれなの手を引いて、車に向かって走った。


駐車料金を精算する間、何度かクシャミが出た。寒さから逃げるように車に乗り込むと、えれなは助手席で缶のスープを飲んでいた。

「今クシャミした？」

「うん……早めに薬飲んだほうがいいかも」

体が冷え切っていて、寒気が止まらない。

「情けないなあ」

「……俺の分は？」

「何が」

「スープだよ！」思わず声を上げてしまった。「自分だけあったかい思いするとか、ないでしょ！」

「はいはい、どうぞ」

えれながが笑ってポケットからスープをもう一本取り出した。でもツッコミを入れてる余裕もない。とにかくあたたかいスープをごくごくと喉に流し込む。

「爽太くん」

「ん？」

「ありがと」

助手席のえれなが、爽太をじっと見ている。

「……何が？」

わざととぼけて、言ってみた。

「……わたし、告白する」

「……え？」

予想外の言葉に、爽太は目を丸くした。

「もし今度、倉科さんに会えたら……絶対に好きって言う。決めたの」

「……そっか」

「うん」

「がんばれ」

えれなが元気になってくれて、爽太は心から嬉しかった。

「うん……。明日、サエコさんのお誕生日だね。爽太くんも、がんばって」

「……うん」

爽太は残りのスープを飲んだ。眩しい朝の光が、穏やかにふたりを包み込んでいた。


「ふーん、なんかいい感じじゃん」

朝帰りの爽太の話を厨房で聞いたオリヴィエは、ニヤニヤしながら言った。

「は？　寒くて風邪ひきかけたって話したんだけど？」

「ソータとえれなは両想いだね」

「え、何言ってんの。えれなはそういうんじゃないって」

「じゃあ何？　セフレ？」

「それだけじゃないよ。ほかにも……ご飯食べたり、ただふたりでゴロゴロしたり、くだらない話したり、真面目な話したり……」

「それってつまり、順調につきあってるカップルってことだよね」

そうなのか？　ちょっと違う気もする。爽太は首をひねった。

「ソータとえれなは両想いだよ。僕がまつりちゃんとしたいと思ってること、ふたりはいっぱいできてる。羨ましいよ」

たしかに……えれなといると楽しい。とても大事な人だと思うけれど……。と、そこに、薫子とまつりが入ってきた。

「あ、バースデーケーキ！　完成間近だね」

まつりが爽太の手元にあるチョコレートのアゲハ蝶をのぞきこんでくる。

「いよいよ明日だもんね」

「アゲハ蝶、期待以上の出来だよね」

作業台の上のケーキとデコレーションのパーツを囲むようにして、薫子とオリヴィエもワクワクした表情を浮かべている。実際、かなり細かい作業だ。サエコさんのためだからこそ、こんなにも時間と手間をかけられるのかもしれない。

「うん、すごいキレイ。サエコさん、感動するだろうなー」

「どんな顔するか見てみたいよね」

「そうだねー」

まつりとオリヴィエが笑い合っている。爽太はふたりの笑顔をじっと見つめ、そして思った。

みんな、こんな感じなのかな。笑っているけど本当は泣いていたり、うまくいってるように見えても本当は軋んでいたり……。

そして、妄想が飛躍する。

サエコさんも実はあんまり幸せじゃなくて、牢の中のお姫さまを助け出す役を、俺ができるかもしれなかったり……するわけ、ないか。

でも、いいや。明日はサエコさんに会える。顔を見て、『おめでとう』が言える。

爽太はサエコさんの笑顔を思い浮かべながら、作業に没頭した。


誕生日前夜、眠っていたサエコは、バタン、と玄関のドアが開閉する音で目を覚ました。

「紗絵子――、紗絵子――!!」

玄関で吉岡が呼んでいる。あの声はかなり酔っている。サエコは仕方なくカーディガンを羽織り、出て行った。

「なんで明かり消してんだよ！　ひとり暮らしでもないのに帰って来て家が真っ暗とか、ありえないだろ」

「……電気代もったいないじゃん。いつ帰ってくるかわかんないのに」

「電気代とかおまえが言うの、ちゃんちゃらおかしいわ。どうせ俺が払ってんだろーが」

酔っているのはわかる。でもいくらなんでも……。あまりの言われように、サエコはさすがにムッとした。

「……わかった。じゃあ明日からは明かりつけまくったまま寝ることにするよ。それでいいんでしょ。おやすみなさい」

そう言い捨て、サエコは寝室に戻ろうとした。

「なんだよ、その態度は！」

と、吉岡が思いきりサエコの腕を引っ張った。その力が強すぎて、サエコは勢いで壁に顔を強打した。ゴッ、と鈍い音がして、目の前に火花が散ったようになる。

「痛っ」

サエコは床に倒れ込んだ。まぶたを押さえている手には、血がにじんでいた。


サエコさんの誕生日当日。爽太は朝からソワソワしていた。でも、夕方になってもサエコさんは現れず、ついに閉店時間が近づいてきた。みっともないと思いつつ、ついつい厨房とフロアを行ったり来たりしてしまう。と、ドアが開いた。ハッと顔を上げると、サエコさんではなく、男性客だ。

「あの、これを」

男性客は、レジのそばに立っていた爽太に注文票を渡した。受け取った爽太は、そこに書かれたサエコさんの名を見て、驚きのあまり目を見開いた。

「小動さんですよね？　吉岡です。その節はお世話になりました。取材に立ち合えなくて申し訳ありません」

目の前に立っているメガネの男性……彼が、サエコさんの夫、吉岡……か。

「いえ、そんな……こちらこそ、ありがとうございました」

爽太は必死で平静を装い、笑顔を作った。

「今日は、妻が急用で来られなくなりまして……」

「あ、はい、ケーキですよね。少々お待ちください」

爽太は振り返り、サエコさんのために用意してあったケーキの箱を、袋に入れた。それだけの作業なのに、手つきがぎこちなくなってしまう。薫子とまつりが、そんな爽太を心配そうに見ているのを感じた。オリヴィエも厨房から出てきて、様子をうかがっている。

「……どうぞ」

さしだした袋を、吉岡が受け取った。

「では」

吉岡は軽く頭を下げ、ドアに向かった。

「あの」

呼び止めるつもりなどなかった。でも思わず、声をかけてしまった。吉岡が振り返ったが、言葉が出てこない。すると、吉岡が先に口を開いた。

「いつも仕事で帰りが遅いんで、今日くらいはふたりでゆっくり過ごすつもりです。おかげでいい誕生日になると思います。どうもありがとうございました」

ケーキの箱を開けて、サエコさんがうわあ、と嬉しそうな顔になる。幸せいっぱいの笑みを浮かべてロウソクの火を吹き消し、吉岡とふたりで切り分けられたケーキを食べて……。

そんな姿が頭に浮かんでしまい、爽太は胸がつぶれそうだった。伏し目がちになり黙っている爽太を見て、吉岡は眉根を寄せた。

「それはなによりです」爽太は顔を上げ、声を絞り出した。「サエコさん……奥様に、『お誕生日おめでとうございます』と、お伝えください」

「……はい。ありがとうございます」

パタンとドアが閉まり、店内に静寂が訪れた。爽太はしばらく、動くことができなかった。

「爽太、今日は思いっきり飲もう。僕、朝までつきあうよ！」

バックヤードで着替えていると、オリヴィエが声をかけてきた。

「いや、うん、残念会じゃなくて祝賀会だからね」

普通の調子で答えたが、真っ黒な得体のしれない塊を呑み込んだかのように、胸は重く、苦しく、痛み続けていた。

じゃあ先に行ってるね、と、オリヴィエは爽太の肩を叩いて出て行った。ふう、と深いため息をつき、何気なく携帯をチェックしてみる。と、留守番電話が二件入っていた。着替えながら聞き始めると……。

『爽太くん、どうしよう！』

えれなの声が飛び込んできた。

『倉科さんがいる。撮影のときに話が出てたバーがあって、それでもしかしたらと思って来てみたんだけど……ホントに来てる……どうしよー……どうしようじゃないよね。次に会ったら告白するって決めてたんだもん……だから来たんだもん……』

えれなの緊張が伝わってきて、爽太の心臓もドキドキしてきた。

『……いってくるね。いってくるよー……あとで結果、報告する……』

そこでメッセージは切れた。

ええぇ、マジで？　すげえ、何このいきなりの展開……と、思っていると、二件目のメッセージが流れた。でもガヤガヤと騒がしい店のざわめきが聞こえてくるだけだ。

『……爽太くん……ちゃんと言ったよ……で……』

しばらくするとえれなの声が聞こえてきた。騒音の中、途切れ途切れにしか聞こえない。爽太は片耳を指で塞いで集中した。すると、えれなが鼻をすする音が聞こえてきた。泣いて……る？

『……えっと、ごめん……またかけ直すね……』

メッセージは切れた。急いで番号を押し、えれなに電話をかけた。

『この電話は現在、電源が入っておりません』

無機質な電子音が流れるだけだ。

えれな……。えれなは、つまり……失恋、したんだ……。

爽太は上着を掴み、バックヤードを飛び出した。

「薫子さん」

厨房にいた薫子に声をかける。

「爽太くん、遅いよ。ふたりはもうお店に……」

爽太を待っていてくれたようだが「ごめん、先行ってて」と、爽太は言った。

「え？」

「っていうか俺抜きで始めてて。俺たぶん行かれないと思う」

「えっ、どうしたの？」

「ちょっと、えれなんとこ行ってくる」

「……何それ」

薫子の顔色がさっと変わる。

「さっき留守電が入ってて……えれなが……」

「爽太くんのお店の打ち上げなんだよ？　それほっぽってセフレに会いにいくわけ？」

セフレ……。まあ、そうなのかもしれないが、そのひとことでは片付けてほしくない。

「爽太くん、経営者なんだよ？　みんな爽太くんのために毎日がんばってるのに、今日は、そのがんばりが実ったことをお祝いする会でしょ。ただの飲み会じゃないんだよ、わかってる？」

「……うん、わかってる。でも……ごめんね、えれなが」

「ぜんぜんわかってないじゃん！　なんでよ、そんなにセフレに会いたいの？　発情期の犬みたい！」薫子は怒りにまかせて叫んでいた。「爽太くんが選ぶのって尻軽なメス犬女ばっかりだよね。でもそれにホイホイ乗っかる爽太くんも同レベルでロクでもないよ！　ホント呆れるわ！」

厨房内が、シンと静まり返った。

「……俺がロクでもないのは別に否定しないけど」爽太は口を開いた。「なんでそんなふうにえれなの悪口言うの。薫子さんはえれなのことなんにも知らないじゃん。えれなは薫子さんのこと、美人でテキパキした人だって褒めてたよ。まつりのことも可愛い可愛いって言うし。いつも何かしら人のいいところを見つけて、素直に褒めるんだよ。俺はえれなのそういうとこ好きだし、だから一緒にいて幸せな気持ちになれるんだと思う」

薫子は黙って爽太をにらみつけている。爽太はさらに、続けた。

「サエコさんだって、高校のときからずっとそういう人だったよ？　薫子さんは、なんでいっつも悪口ばっかかなの？　俺は、女の悪口言う女は、大っ嫌いだよ……！」

ふたりは互いに目を逸らさずに向かい合っていた。と、薫子が目を伏せ、冷静な声で言った。

「別に爽太くんに女として好かれたいとか、カケラも思ってませんのでね。断固お断りだし」

「俺だって薫子さんのことそんなふうに見てないから、心配しないで」売り言葉に買い言葉のようになってしまったが、爽太もはっきりと言った。「……とにかく、事情はまた改めて説明するからさ」

「いいよ、別に聞きたくないし。みんなにはわたしから無難に説明しときますから。いってらっしゃい」

ふたりの間に何度目かの沈黙が走ったが、「……ごめん」爽太は薫子に背を向け、駆けだした。

「ねえ、どうしても行かなきゃダメなの?」

サエコはせわしなく出かけるしたくをしている吉岡に声をかけた。テーブルには、サエコが時間をかけて作った豪華な手料理が並んでいる。吉岡がとってきてくれたショコラ・ヴィのケーキの箱も置いてある。けれど、吉岡はまたすぐに出かけるのだと言う。

「現場がトラブってるんだよ。仕事なんだからしょうがないだろ」

「今日は誕生日なのに……」

「誰か呼べないのか。友だちとか、お母さんとかさ」

「嫌だよ。こんな顔で、誰とも会いたくないもん」

サエコは額に包帯を巻き、眼帯をしていた。昨夜吉岡に乱暴に引っ張られ、壁に額を強打した。そのときに目の上がパックリと切れてしまったのだ。

「……大げさなんだよな、目の上切ったくらいで」

「……跡が残ったらどうしよう……」

「別にいいじゃん。もう結婚してるんだし、たいした問題じゃないだろ」

「……どういう意味?」

「俺は気にしないって言ってんの」

「わたしは気にするよ!」

「なんで、まだモテたいとか思ってんの？　誰に？」

ほかに、言うべき言葉があるだろう。それなのに、なんていうことを言うのだろう。無神経な言葉に、サエコは酷く傷つけられた。はあ。吉岡はわざとらしくため息をつく。

「とにかく、今は行かないと。後で埋め合わせするから」

そして、バタバタと出かけて行った。


爽太は夜道をひた走っていた。

「えれな……」

頭には、えれなの顔や言葉が次々に浮かんでくる。

「片想いって、孤独でしょ。爽太くんとだったら、そういう気持ちも共有できる気がしたの。さびしくないなって思ったの」

そう言って、爽太をじっと見つめたえれな。

「だって緊張しちゃって！　何話していいか真っ白になっちゃったんだもん……でも直接会って話したら、やっぱりこの人のこと好きだーって思ったよ」

何かあると、いつも一番に爽太に報告してきてくれたえれな。

「えれな……」

爽太は走り続けた。

厨房にひとり佇んでいると、携帯が震えた。

「はい……」

「薫子さん、今どこ？」

オリヴィエの声が聞こえてくる。

「……ごめん、まだ店」

普通に答えたつもりなのだが、声が震えてしまう。

「……どうしたの？　ソータとケンカした？」

勘がいいオリヴィエは、何かを察したようだ。

「……別に、ケンカじゃないよ」涙声にならないよう、グッと堪える。「ただ、爽太くんはわたしのことが嫌いみたい……わたしも、自分のことは好きじゃないよ……」

ついに耐え切れなくなり、薫子の目から、ポロポロと涙が零《こぼ》れ落ちた。

わあ……。

バースデーケーキの箱を開けるサエコは、見事な出来映えに息を呑んだ。そして、ぽかんとケーキを見つめていた顔が、自然と笑みに変わっていくのを、自分でも感じていた。でも……。

さらに寂しさが募り、笑みはすうっと消えた。

「……」

しばらく考えていたサエコは、おもむろに携帯を取ると、爽太の番号を検索した。

もうすぐ、えれなのマンションだ。息を切らせながら、爽太は走っていた。

「爽太くんは、どんなのが好き？　わたしも練習しとかなきゃ。いつか倉科さんと、そうなったときのために……」

いたずらっぽく笑うえれな。

落ち込んでいる爽太の手に、やさしく手を重ねてくれたえれな。

爽太はえれなを思いながら、あともう少し、と走り続けた。と、コートのポケットで携帯が震えた。けれど爽太は、気づかなかった。

呼出音が何度か続いた後、『留守番電話に接続します……』機械音が流れた。サエコは携帯を手にしたまま、テーブルの上のバースデーケーキを見つめた。

えれな。もう少しだから。待ってて。

爽太は歯を食いしばり、走り続けた。

（後篇へつづく）

——本書のプロフィール——

本作品は、フジテレビ系ドラマ「失恋ショコラティエ」の脚本をもとに書き下ろしたノベライズです。

小学館文庫

ドラマ 失恋《しつれん》ショコラティエ 前篇《ぜんぺん》

著者　白戸《しらと》ふみか

脚本　安達奈緒子《あだちなおこ》　越川美埜子《こしかわみやこ》

原作　水城《みずしろ》せとな

二〇一四年二月十九日　初版第一刷発行

発行人　稲垣伸寿

発行所　株式会社　小学館

〒一〇一-八〇〇一

東京都千代田区一ツ橋二-三-一

電話　編集〇三-三二三〇-五六一七

販売〇三-五二八一-三五五五

印刷所――――図書印刷株式会社

ISBN978-4-09-406024-9